AF456663

Gatta ci cova

Mistero di Natale all'ombra delle terme

Maurizio Castellani

NOTE DELL'AUTORE

Ogni eventuale riferimento a nomi di persona, luoghi, avvenimenti, fatti storici, siano essi realmente esistiti o esistenti, è da considerarsi puramente casuale.

I diritti di riproduzione e traduzione sono riservati. Nessuna parte di questo libro può essere utilizzata, riprodotta o diffusa con qualsiasi mezzo senza autorizzazione scritta dell'autore. Copia singola non cedibile a terzi, tutti i diritti sono riservati.

Copyright © 2018 Autore Maurizio Castellani

Tutti i diritti riservati.

ISBN-: 9791220039468

Copertina di À Studio Arzelà

“Di buono e di giallo non c’è solo la polenta”

(Anonimo)

Prologo

Metà dicembre

Erano passati solamente tre mesi da quando i tre detective e il maresciallo Bevacqua avevano risolto il caso dell'ucraino. Natale era alle porte e il paese era tutto addobbato per le festività. Anche Marco, con il plauso della Grazia, aveva piazzato una coccarda proprio sopra l'insegna dell'albergo. Era di quelle circolari, fatte di rami secchi di vite, bacche, pigne, decorazioni di vetro e fiocchi di neve argentati, e faceva la sua figura.
Ghirlanda e insegna "Da zia Maria"... Siamo a posto! Più che un festeggiamento del Natale, mi sembra di commemorare l'anniversario della morte della povera zia, anche se la sua dipartita ricorre a marzo.
L'albergo nel periodo estivo aveva lavorato discretamente, e Marco ne era soddisfatto. Ora, per un paio di settimane sarebbe rimasto pressoché vuoto, in attesa degli ultimi giorni dell'anno, periodo in cui erano state prenotate tutte e dodici le camere.
La pausa era stata accolta dai due gestori con vero piacere: avrebbero avuto la possibilità di riposarsi, di riordinare le idee e di pulire l'albergo con tutta tranquillità.
Nei tre mesi precedenti, Marco si era accorto che a poco a poco si stava ingelosendo della Grazia, un segno che a lui non piaceva, un segno che lo

avrebbe certamente e definitivamente portato a impegnarsi per il resto della sua vita. Si era detto più volte che era meglio aspettare ancora un po' per il "Grande Passo", voleva godersi ancora quel senso di libertà ottenuto grazie alla separazione dalla moglie, che lo aveva fatto disperare non poco.
Piero, l'amico di antica data, continuava a esercitare la professione di geometra, anche se oramai ne era stufo, ma per raggiungere la pensione gli mancavano ancora sei anni, quindi si era autocostretto a tenere l'ufficio aperto per pochi e scelti clienti. Se non fosse stato per questo motivo, visto che aveva già una buona rendita, frutto della locazione di alcuni immobili, lo studio sarebbe stato già chiuso o, come lui amava ripetere spesso, "Chiamo il fabbro e gli faccio saldare la porta".
Andrea, invece, seppur benestante grazie a una vincita al Superenalotto, continuava a vivere la sua quotidianità paesana, non un giorno di vacanza, non un viaggio, magari per un solo weekend... Si divertiva semplicemente a frequentare il bar della piazza e a incontrare i due amici. Anche lui, come Piero, era rimasto solo, con una sola differenza: a Piero era morta la moglie qualche anno addietro, mentre a lui la moglie gli era scappata, e il figlio aveva deciso di intraprendere la carriera militare. Praticamente si vedevano una volta ogni tre mesi.
Dopo aver risolto il precedente caso, il maresciallo aveva stretto ancora di più amicizia con i tre, e

qualche volta il venerdì sera veniva invitato, o si autoinvitava, alle cene dei detective. Mai sposato – non perché non gli piacessero le donne, ma perché il destino così aveva al momento scelto per lui –, ultimamente aveva adocchiato una discreta donna, vedova e con figlio a carico, anche se oramai adulto e, come dicevano i nostri vecchi, "maturo da sposa"".

La Grazia, dopo la vacanza premio a Porto Pino regalata dall'amato principale, ovvero il suo caro "Marchino", si era dedicata anima e corpo alla gestione dell'albergo, ma... Sì, c'era un "ma"! Non capiva e non accettava ancora quella maledetta abitudine di Marco di andare, ogni santo venerdì che il Signore mette in Terra, a cena fuori con gli amici, lasciandola sola soletta: "Una volta, dico, una volta, potrebbe portare me, invece del suo Piero e del suo Andrea...".

Insomma, la vita a Casciana Terme scorreva tranquilla, senza particolari problemi, fatta eccezione per i pettegolezzi che periodicamente animavano il popolino. L'ultimo che stava girando in paese era che la perpetua aveva dato improvvisamente le dimissioni, e il motivo di questo abbandono, sempre secondo i mormorii di strada, era il fatto che aveva trovato il nuovo preposto abbracciato a una donna, "...e proprio lì, in canonica!". Il giorno dopo, l'accusato, ignaro del fatto, si era recato in Comune con la "abbracciata", che era poi la sorella, e aveva fatto domanda al Sindaco per registrarne la residenza presso la propria abitazione. Qualcuno raccontava che la perpetua s'era recata a testa bassa dal prete a chiedere perdono, altri invece fantasticavano che si fosse recata a Montenero[1] facendo tutta la salita in ginocchio per penitenza. Insomma… la vita scivolava via come al solito.

[1] Santuario di Montenero, Livorno

UNO

Venerdì 14 dicembre

Ore 8 della mattina. Mentre la Grazia, in saletta, stava servendo le colazioni ai clienti dell'albergo, Marco si era recato al panificio per comprare il pane per la cena.

Dopo tre mesi che immancabilmente i tre detective, con la presenza sporadica del maresciallo Bevacqua, s'incontravano ogni venerdì nelle trattorie più diverse, Marco aveva deciso di riaprire la sala ristorante dell'albergo agli amici, e per l'occasione aveva invitato, oltre Piero e Andrea, anche il Bevacqua, ovviamente la Grazia, e la signora Paola.

L'invito a cena della signora Paola era stato argomento di discussione mezz'ora prima tra lui e la Grazia.

«Mi spieghi, Marco, cosa c'entra la Paola con la cena di stasera? E perché hai invitato anche me? Il venerdì sera non è il tuo giorno "intoccabile"? Sono tre mesi che il venerdì mi lasci da sola in albergo, e ora tutto a un tratto cambi idea e mi inviti alla vostra "immancabile e privata cena"… Ma non solo, inviti anche la Paola, che si troverà costretta a lasciare il bar in mano al figlio, il quale, immagino, avrà tirato una carrettata di imprecazioni quando è venuto a sapere che il giorno più faticoso della settimana si sarebbe trovato da solo dietro il bancone».

«Niente di particolare, Grazia, è che mi sono stancato di andare sempre fuori a cena, e poi sentivo la mancanza della mia cucina, tutto qui».

«Sì! Posso capire la nostalgia per la tua cucina, e non voglio commentare, anche se sull'argomento avrei da farti un discorsetto... Ma non hai risposto alla mia domanda! Cosa c'entro io, e cosa c'entra la Paola?».

«Innanzi tutto, dato che viviamo sotto lo stesso tetto, e visto che abbiamo una relazione da circa tre mesi, se organizzo una serata trovo giusto e normale averti al mio fianco. Per quanto riguarda la Paola, mi è sembrato che il maresciallo ultimamente vada troppo spesso al bar a prendere ora un caffè, ora un tè, per la precisione più tè che caffè, e mi sembra anche che i due si guardino un po' troppo, quindi mi sono detto: perché non aiutiamo Corrado ad avere un "incontro ravvicinato del terzo tipo"».

«Ora ho capito, caro Marchino!» esclamò la Grazia con tono offeso.

«Cioè, cosa hai capito?».

«Ho capito che mi hai "coinvolta" perché così hai potuto invitare anche la Paola. Altrimenti, lei sola con quattro uomini, sarebbe stata una presenza imbarazzante».

«Dai, Grazia, non è come pensi. Tu ci saresti stata in ogni caso; stiamo o non stiamo insieme?».
«Sì, stiamo insieme. Allora perché il venerdì sera mi lasci sempre sola?».
«Ne abbiamo già parlato più di una volta, e poi quando fai così… Lasciamo perdere…».
«Ecco, sì, bravo! Lasciamo perdere, è meglio, sennò poi mi monta il nervoso».
Però mi piaci quando ti inalberi, hai quella camminata inviperita che movimenta quel tuo lato b… Quasi quasi insisto…
«E poi non ho capito cosa intendevi per "più tè che caffè"?» continuò la Grazia guardandolo con due occhi sgranati da fare invidia al faro delle Melorie.
«Semplice, per bere il tè occorrono molti più minuti rispetto al caffè; il tempo d'infusione, l'acqua bollente che ti scotta le labbra, la quantità maggiore di liquido rispetto al caffè; tutti elementi che concorrono a far passare un buon quarto d'ora al banco; e se uno al banco ci vuole stare, la scusa è buona».
«Voi uomini… Siete insopportabili quando ragionate in codesto modo».
«Invece, voi donne come ragionate? Vi ho visto fare cose che noi uomini non possiamo nemmeno immaginare».
Navi da combattimento in fiamme al largo dei bastioni di

Orione...[2]

«Ma vai via... Vai, vai a prendere il pane...».

Il fornaio stava servendo una donna sui quarantacinque anni, mentre un'altra, sulla settantina, stava di fianco alla prima:

«I soliti 300 grammi, signora Lucrezia?».

«No, me ne dia 500, grazie».

«Ecco qua, e grazie a lei».

Le due donne uscirono insieme e Marco, una volta rimasto solo con il fornaio, dopo avergli chiesto un chilo di pane toscano, esclamò:

«Però, carina la signora!».

«Eh sì! Gran bella donna» gli rispose il fornaio.

«È di Casciana Terme?».

«Vedo che ha attirato la tua attenzione, però ti avverto! Ci hanno provato in tanti, ma nessuno ha mai avuto successo. Abita qui a Casciana da circa due anni, ma non è di qui, e non è nemmeno italiana, sembra che sia originaria di un paesino vicino Iasi, in Romania, al confine con la Moldavia».

«E lavora qui in paese?» insistette Marco.

«A dire il vero credo che non lavori, forse vive di una pensione o di rendita; comunque è qui da quando suo figlio è stato trasferito come portalettere da un paesino del centro Italia, ma non so quale. Forse lo avrai visto, anzi sicuramente lo

---

2 Da "Blade Runner", film di fantascienza del 1982, diretto da Ridley Scott.

hai visto: il Maccaferri, quello che porta la posta a tutti».
«Ho capito. E allora diciamo che il portalettere ha una bella mamma. Ma scusa, il portalettere avrà poco più di trent'anni e la signora mi sembra che ne abbia una quarantacinquina; quindi, o porta bene gli anni o lo ha fatto giovanissima!».
«Caro Marco, questo è un mistero, alcuni sostengono che sia venuta in Italia giovanissima e che si sia innamorata di un italiano, il quale, dopo averle promesso mari e monti, e dopo averla messa incinta, al momento della nascita del figlio l'unica cosa che ha dato al pargolo è stata la paternità, per poi diventare uccel di bosco».
«Allora son trent'anni che "non esercita"?».
«Questo non lo so, magari in passato avrà avuto delle storie, ma ti assicuro che qui in paese non fa avvicinare nessuno».
Tanta bellezza… così sprecata.
«E la donna che la accompagnava, immagino sia sua madre?».
«A dire il vero, non saprei, è la prima volta che la vedo, però credo di sì».
Dopo aver preso il sacchetto del pane e aver rimarcato al fornaio la bellezza della donna, Marco lo salutò e s'incamminò verso l'albergo.
«Grazia, vai te dal macellaio a comprare il *rosbif*? Ne basterebbe un chilo, ma dato che i due amici hanno la bocca come il forno di una rosticceria, forse è

meglio che tu ne prenda un chilo e tre».
«O Marco, la tua teoria sul macellaio, che se ci vado io mi dà i pezzi migliori, mentre se ci vai te ti dà quelli peggiori, è tutta una scusa! Di' piuttosto che non ti sta simpatico».
«Non è una scusa, è proprio così. Vero che non mi sta simpatico, ma vero anche che ti fa la corte, e per accattivarsi le tue simpatie ti dà la carne migliore».
«Ma dai, cosa vuoi che ci trovi in me il macellaio?».
Quello che c'ho trovato io… Ho visto fare cose che voi donne non potete nemmeno immaginare…
«Ci trova Grazia, ci trova!».
La Grazia uscì dall'albergo ancheggiando più del solito, per rientrare trenta minuti dopo con un sorriso sulle labbra da far invidia a Julia Roberts nella scena finale di "Pretty Woman".
Speriamo che per un pezzo di carne non mi spuntino le corna…
«Marco, il macellaio mi ha chiesto notizie della signora Maria, sai quella che abita qui vicino in via Chiari… Dice che sono tre giorni che non la vede e la cosa gli sembra strana perché tutte le mattine passa da lui a comprare il macinato per la sua Coccolina e, un giorno sì e uno no, prende anche la carne per sé. L'ultima volta che l'ha vista è stata martedì di buonora».
«O Grazia, sarà malata! Oppure, semplicemente, avrà cambiato macellaio; magari l'ultima volta l'ha servita male, contrariamente a te che… invece ti

dà i pezzi migliori».
«Dai, non scherzare. Dice anche che giovedì al mercato non l'hanno vista, e anche qui la cosa è strana perché non ne salta uno».
«Sì, ma cosa ci posso fare io?».
«Magari questa sera puoi accennare la cosa al Bevacqua, e magari lui può presentarsi alla sua porta e scoprire se è in casa oppure no. E se fosse veramente malata e avesse bisogno di assistenza? Dai, Marchino, mi prometti che ci parli, con il Bevacqua?».
Benché Marco fosse sicuro che la Grazia non fosse andata ancora a truccarsi, si meravigliò di come le ciglia si fossero arrotondate, trasformando i suoi occhi in quelli di una cerbiatta innamorata.
O che c'hai, il mascara sottocutaneo a distribuzione automatica?
«E va bene, stasera informerò Corrado, però rispondimi a una domanda».
«Dimmi…».
«Anche il macellaio lo guardi come hai guardato me un secondo fa?».
La Grazia non rispose, si girò e salì le scale: non voleva che Marco si accorgesse che stava sorridendo; e lo faceva per due motivi: il primo perché la gelosia di Marco confermava l'amore per lei, il secondo perché aveva avuto lo stesso sguardo per il macellaio al fine di ottenere il rosbif migliore. Ma Marco questo non lo avrebbe mai

capito, e quindi era meglio non rispondere e sparire.

DUE

Sabato 15 dicembre

La cena di venerdì era stata ottima sotto tutti i punti di vista. Il rosbif era venuto molto buono e Marco durante tutta la serata si era posto la domanda se era merito del taglio della lombata o di come lo aveva cucinato lui… Poi convenne che la sua bontà era solamente dovuta al fatto che lo aveva fatto rosolare bene, per sigillare i succhi all'interno, e lo aveva fatto cuocere non più di trenta minuti. Il macellaio non c'entrava niente.
Il Bevacqua era stato brillante e per tutta la serata non aveva mai distolto lo sguardo dalla Paola, che aveva contraccambiato pienamente.
Piero e Andrea stranamente non avevano fatto battute volgari, forse per la presenza della Paola e della Grazia, o forse per caso; sta di fatto che però non si erano limitati riguardo al mangiare, e soprattutto al bere. Questa volta Piero si era preoccupato di reperire un rosso dell'Azienda Agricola Castelvecchio di Terricciola "Le Balze", un vino di color vermiglio granato intenso, con sentore di frutti rossi e con una leggera speziatura, quasi una freschezza innaturale, così come fu innaturale il suo consumo: ne furono fatte fuori, tra prima, durante e dopo la cena, cinque bottiglie.

La Grazia, che per la prima volta in vita sua si era avvicinata alla cucina e aveva deciso di fare il dolce, aveva conquistato un successo inatteso.

«Marco, il dolce lo voglio fare io, ma tu mi devi guidare e suggerire cosa fare».

«Sono contento che tu cominci a rapportarti con la cucina, e quindi direi che come inizio potresti fare un dolce semplice semplice, un "mascarpone con cioccolato": quindi, per prima cosa, vai a comprare una tavoletta di cioccolato fondente da 500 grammi, 700 grammi di mascarpone e 100 grammi di panna fresca, 6 uova e un panetto di burro... Poi, quando torni, troverai per scritto le modalità di realizzazione del tutto».

Appena la Grazia uscì tutta contenta dall'albergo per recarsi al negozio, Marco incominciò a scrivere la ricetta, per poi lasciargliela sul piano della cucina.

Per preparare la coppa al mascarpone, per prima cosa devi mettere 30 grammi di burro e 300 grammi di cioccolato a bagnomaria, il restante lo userai per fare le scagliette. Quando il tutto sarà sciolto, unisci la panna, che prima avrai leggermente scaldato nel microonde, e mescoli con la spatola gialla che ti ho lasciato sul ripiano; quando credi che sia ben amalgamato, lasci riposare. Poi prendi la ciotola di vetro che ti ho preparato, quella più grande, ci metti i tuorli delle 6 uova (i tuorli sono quelli arancioni, il bianco, cioè l'albume, lo scarti)... Ci metti 200 grammi di zucchero e con lo sbattitore elettrico inizi a lavorarlo fino a raggiungere una miscela spumosa. Alla miscela aggiungi il mascarpone e con la spatola continui a mescolare e all'ultimo ci aggiungi due bicchierini di marsala (lo trovi sul ripiano alle tue spalle). Quando avrai finito, prendi il mascarpone, circa 1/3, e lo aggiungi alla cioccolata fusa, e mescoli ancora. Ora prendi i 6 bicchieri che ti ho preparato sul ripiano e in ognuno metti 2 cucchiai di crema di mascarpone al cioccolato e 2 cucchiai di mascarpone bianco. Ci gratti sopra il cioccolato fondente e hai finito. Se vuoi, puoi mettere in ogni bicchiere 2 'lingue di gatto', che trovi accanto al marsala. Non dovresti metterci più di 20 minuti.

Con amore, Marco

Dopo il dolce, ma prima del caffè, la Grazia aveva dato un pizzicotto sulla coscia a Marco per ricordargli che doveva chiedere al Bevacqua di intervenire riguardo alla signora Maria.

Cazzo, ma così fai male…

«Corrado, scusa» fece Marco subito, onde evitare un secondo fastidioso sollecito da parte della Grazia. «Vorrei che tu ti occupassi di una questione, cosa di poco conto, ma penso che tu sia l'unico che possa permettersi di farlo».

«Dimmi Marco, ti ascolto».

Così Marco gli raccontò il fatto, precisando che glielo aveva riferito la Grazia, che a sua volta lo aveva saputo dal macellaio.

E venne il gatto che si mangiò il topo…

Marco terminò sottolineando anche la strana assenza al mercato del giovedì.
... che al mercato mio padre comprò...
Poi guardò la Grazia con uno sguardo tra il maligno e la presa di culo, mentre con la mano si accarezzava la coscia in corrispondenza del pizzicotto ricevuto.
... 'un vorrai mi'a che gli racconti anche del cane che mangiò il gatto...
Il maresciallo, un po' perché aveva bevuto e un po', forse, perché doveva dimostrare alla Paola la forza del comando, promise che il giorno dopo se ne sarebbe occupato in prima persona.
Infatti, così disse e così fece, e il sabato mattina, alle 10 in punto, il Bevacqua era già in albergo:
«Buongiorno Marco, possiamo andare in saletta?».
«Certo Corrado, accomodati pure nel solito nostro angolino, ti preparo il caffè e arrivo».
Poco dopo Marco raggiunse il maresciallo in saletta, con due caffè e lo sguardo curioso.
«Eccolo, a te normale e a me decaffeinato; dalle 7 di stamattina ne ho già presi due, e questo è il terzo, quindi almeno tolgo la caffeina, visto che il caffè non riesco a eliminarlo».
Sorseggiarono il caffè in silenzio, poi Corrado prese la parola.
«Stamane, alle 8, mi sono recato in via Chiari presso l'abitazione della signora Maria, ho suonato il campanello per due volte ma non ho ottenuto

risposta; allora mi sono detto che forse era troppo presto, e che quasi quasi potevo andare a comprare il giornale e prendere un cappuccino al bar… per riprovare nuovamente verso le 8.30».

E magari il bar era quello della Paola…

«A proposito, Corrado, cosa ti ha detto la Paola questa mattina della cena di ieri sera?».

«Che è stata proprio bene, sia per il mangiare sia per la compagnia e che la prossima volta sarà lei a invitarci a casa sua».

Tombola…

«Sono contento per lei e… anche per te, Corrado».

«Sì, Marco, ti devo ringraziare… L'invito a cena da parte tua ha accelerato e approfondito la nostra conoscenza, e lunedì sera, dato che è il giorno di chiusura del bar, vorrei portare Paola in un bel ristorantino. A proposito, ricordami che dopo mi devi dare una dritta. Ma torniamo ai fatti. Dunque, alle 8:30 mi sono recato nuovamente a casa della signora Maria e questa volta mi sono letteralmente attaccato al campanello, purtroppo senza risultato».

«E dopo cosa hai fatto?».

«In che senso?».

«Nel senso che se la seconda volta hai suonato il campanello alle 8:30, insistendo magari fino alle 8:45, nei successivi settanta minuti hai sicuramente fatto qualche cos'altro, visto che la distanza tra la casa della signora Maria e l'albergo è breve e, ipotizzando un passo d'uomo normale, cioè di 70

cm, saresti dovuto arrivare da me alle 8:50».
«Devo ammettere che sei un ottimo osservatore, e potrei risponderti che dovevo passare in caserma ma, dato che non sono bravo a dire menzogne, ti rispondo che sono tornato nuovamente al bar».
Bel mi' ingazzurrito[3]...
«Che cosa possiamo fare allora?» chiese Marco.
«Purtroppo io mi devo fermare qui, dal momento che nessuno ha denunciato la scomparsa della donna; e non posso nemmeno andare in giro a chiedere informazioni, perché potrei mettere in allarme tutto il paese e, magari, nel caso di un rapimento, anche l'eventuale autore o regista del fatto. Magari tu... in forma del tutto privata...».
«Ho capito Corrado, allora ci aggiorniamo...».
«Sì! Ci aggiorniamo e grazie per il caffè».
«Non c'è bisogno di ringraziare, magari se torni di nuovo al bar, questa volta prendi una camomilla, sennò mi diventi nervoso». Marco pronunciò la frase con un sorriso ironico mentre stringeva la mano al maresciallo.
Terminata la conversazione, e solo dopo che il Bevacqua aveva lasciato l'albergo, non prima di avergli comunicato che a lui la camomilla non piaceva, Marco chiamò Piero e Andrea e disse loro che voleva vederli. La Grazia che, nascosta dietro la

---

3 Termine utilizzato per dire che una persona è sessualmente eccitata.

porta socchiusa della sala ristorante, aveva ascoltato tutta la conversazione tra i due, si avvicinò a Marco domandandogli: «Che cosa pensi di fare?».

Eccola, la Mata Hari di Casciana... Sinuosa come la Zelle e bella e misteriosa come Greta Garbo[4]*...*

«Credo che l'unica cosa sia chiedere informazioni ai vicini di casa e poi, magari, denunciare noi, anzi te, visto che sei stata la promotrice, la scomparsa della signora Maria».

La Grazia non replicò, ma trasformò nuovamente i suoi occhi in quelli di una cerbiatta.

Ho capito, mi toccherà pensarci a me...

Alle 11:15 i due amici si presentarono in albergo:

«Buongiorno Marco» disse Piero con lo sguardo verso la Grazia, che in quel momento era prona a pulire la vetrata d'ingresso della hall. «Tutto bene?».

«Sì, grazie Piero, tutto bene, ma non sono lì, indicando con l'indice il lato b della Grazia, sono un po' più sulla destra e con gli occhi a un metro e sessanta dal pavimento».

Piero girò lo sguardo verso Marco; nonostante l'amicizia ultra decennale tra i due, era in evidente imbarazzo, fatto insolito, che mise in impaccio anche Marco.

«Perché non andiamo in saletta e, mentre ci racconti cosa volevi dirci, ci fai anche un aperitivo?».

---

4 Margaretha Geertruida Zelle è il vero nome di Mata Hari. Greta Garbo nel 1931 interpretò il ruolo della spia danzatrice nel film omonimo

Andrea, che a sua volta era imbarazzato dall'imbarazzo di Piero e dal successivo imbarazzo di Marco, con questa frase interruppe l'imbarazzamento generale e, con le braccia aperte e le mani appoggiate sulle spalle di entrambi gli amici, li spinse in saletta.
Preparati i tre prosecchi con una spruzzata di Bitter Campari, si accomodarono nel loro solito angolo e Marco iniziò a parlare:
«Come sapete, cari amici, ieri sera ho chiesto al Bevacqua di accertare se la signora Maria, di cui la Grazia e il macellaio lamentano la scomparsa, fosse nella propria abitazione, magari influenzata, o comunque in stato di difficoltà tanto da non poter uscire di casa da oltre quattro giorni».
«Sì!» rispose Piero a conferma di tale ricordo, nonostante i fumi dell'alcol della sera precedente. «Infatti mi ero ripromesso di domandarti che cosa ti avesse indotto a fare questa richiesta, perché non rammento che tu mi abbia mai parlato della signora Maria Bartoccini».
«Sì, è vero, non la conosco e se non fosse stato per la Grazia non avrei mai saputo della sua esistenza» rispose Marco. «Però vedo che te invece la conosci bene, visto che sai anche il suo cognome».
«E chi non la conosce, in paese, a parte i forestieri come te!» rispose Piero. «Al bar che ora gestisce la Paola, prima di lei, per circa trent'anni, c'è stata la signora Maria con suo marito Carlo. Quando il

marito, tre anni fa, fu colto da infarto, rimanendo secco e duro proprio dietro il bancone, la signora Maria mise in vendita la gestione del bar, che per l'appunto fu acquistata dalla Paola. Maria si mise in pensione, tra l'altro in sicurezza economica, visto che incassò ben 200 mila euro».
«Alla faccia della pensionata!» esclamò Andrea.
«Te stai zitto» gli rispose Piero. «Che con la vincita al Superenalotto ti sei sistemato per tutta la vita».
«Eh sì, ho avuto un gocciolino di fortuna…».
«Chiamala fortuna! Te sei ma un bel "buostrappato[5]"» gli rispose Piero. «Un gocciolino di fortuna… tre milioni di euro!».
«Allora, ragazzi» riprese Marco interrompendo la prevedibile e inevitabile escalation tra i due. «Questa mattina alle 8 e successivamente alle 8:30 il nostro caro Bevacqua si è recato dalla signora Maria attaccandosi letteralmente al campanello… A proposito! D'ora in poi chiamiamola solo per nome, senza appellativo… si fa prima. Purtroppo Corrado non ha ottenuto alcuna risposta e, poiché nessuno ha denunciato la sua scomparsa, di più non ha potuto e non potrà fare».
Marco guardò i due amici negli occhi, ora posando lo sguardo su Piero, ora su Andrea, ora su Piero, ora su Andrea.

5 Rafforzativo di buorotto – persona fortunata – con il termine di buo si viene a indicare lo sfintere anale.

Dopo una pausa di appena dieci secondi fu Andrea, strusciandosi le mani l'una con l'altra, ad alternare lo sguardo ora su Marco e ora su Piero, poi esclamò:
«Allora indaghiamo noi!».
«È quello che più o meno mi ha fatto capire il Bevacqua...» rispose Marco. «Dandomi una specie di nulla osta».
«Bene, da dove cominciamo Marchino?» chiese Piero.
«Direi che potreste incominciare chiedendo informazioni ai vicini di casa, poi ci ritroviamo qui in albergo e tiriamo le somme. Credo proprio che qualche cosa salterà fuori».
«Come fai a esserne così sicuro?» domandò Piero.
«Più che una sicurezza è una speranza, e la speranza nasce dal fatto che mia nonna, rimasta sola dopo la morte di mio nonno, aveva stretto un'amicizia molto forte con la vicina di casa, e le due donne, entrambe ultra settantacinquenni, si fidavano l'una dell'altra tanto da scambiarsi le copie delle rispettive chiavi dell'abitazione: "Marchino, quando hai bisogno di entrare in casa e io non ci sono, vai dalla Rosalba, la mia vicina, lei ha una copia delle mie chiavi; sai, noi anziani siamo sbadati e a volte usciamo di casa dimenticandocele dentro". Quindi è possibile che anche la Maria, anziana e sola, si sia comportata come mia nonna».
«È vero!» disse Andrea con enfasi. «Anche mia nonna, che è ancora in vita, fa la stessa cosa».

«Tua nonna è ancora in vita!» esclamò Piero. «O quanti anni ha?».
«Novantasei» rispose tutto orgoglioso Andrea.
«O quanto ti dura?» proruppe Piero con espressione di evidente sorpresa.
Marco scoppiò in una fragorosa risata che piano piano coinvolse prima Piero e poi Andrea.
Terminata la riunione, e dopo essersi accordati sul da farsi, i tre allegri detective si salutarono. Piero e Andrea uscirono dall'albergo sculettando: tutti e due si erano gasati per la nuova indagine.
Le mie due oche giulive…
Anche Marco poco dopo uscì dall'albergo; mancavano dieci giorni a Natale e non aveva ancora acquistato nessun regalo e, dato che i negozi a Pisa facevano orario continuato, aveva deciso di levarsi il pensiero.
«Scusa Marco, ma torni a pranzo?» gli chiese la Grazia, vedendolo indossare il piumino e la sciarpa.
«Credo di non farcela, anzi non ce la faccio di sicuro visto che è mezzogiorno. Volevo andare a comprare dei pensierini, ti dispiace?».
«Affatto, affatto, vai pure. Ah, dimenticavo… L'altro giorno a Pisa in Corso Italia, vicino al Bar Cristallo, ho visto una borsa di Borbonese fatta a luna, era molto bella e non costava troppo. Te lo dico perché voi uomini a volte regalate delle cose inutili… Poi, comunque, fai come ti pare». E così dicendo lo baciò sulle labbra.

Dunque, facciamo l'elenco della spesa: per prima cosa il regalo di mamma, poi la borsa della Grazia, visto che mi ha baciato, e poi i vari pensierini, tra cui quelli per Andrea e Piero.

TRE

Domenica 16 dicembre

Appena terminato di servire l'ultima colazione a un cliente non troppo simpatico, e dopo averlo salutato sulla porta: «Grazie per il suo soggiorno e a presto signor Mariani». *A mai più rivederci...* Marco iniziò a pulire la saletta, mentre la Grazia si dedicava al riordino delle camere ai piani superiori. L'albergo sarebbe rimasto vuoto fino al 28 dicembre, giorno dell'arrivo di una comitiva di Padova che aveva deciso di trascorrere il periodo a cavallo dell'ultimo dell'anno proprio alle Terme, prenotando tutte le camere fino alla mattina del 2 gennaio.

Vi erano state ulteriori richieste di pernottamento per lo stesso periodo e Marco, non potendole soddisfare, aveva cominciato a fare un pensierino sull'acquisto dell'immobile adiacente, per dotare la struttura di ulteriori dodici camere.

Chissà quanto vorranno gli eredi del Falaschi per quella specie di fabbricato ormai abbandonato da tempo. A gennaio manderò Piero in avanscoperta...

Alle 12 in punto si presentarono a braccetto le "due oche": avevano entrambi un sorriso che congiungeva il lobo dell'orecchio destro con quello sinistro. Marco, guardandoli da lontano, aveva già

capito l'antifona e prima di farli parlare li anticipò:
«Toh! O che siete arrivati proprio all'ora dell'aperitivo? Li devo fare veramente buoni, visto che da oltre un mese a questa parte preferite i miei a quelli della Paola!».
«Veramente, li fai da schifo» rispose Andrea. «Però non costano niente, quindi…».
«Non sapevo che ti piacesse bere lo schifo…» ribatté subito Marco.
Piero, che aveva mangiato la foglia, conoscendo oramai il carattere di Andrea, incominciò a sostenere l'altro amico:
«A dire la verità, a me i tuoi aperitivi piacciono molto, forse Andrea ha un palato più raffinato».
«Eh, sì!» fece Marco. «Lui è un ragazzo fine[6], ha fatto le medie al collegio Cavanis di Porcari, mentre noi siamo andati alla scuola pubblica, e 'un ci si può fa' nulla, siamo inferiori… non ci si fa! È troppo superiore!».
«E c'avete poco da sfottere, non vorrete mica sostenere che "Da zia Maria" si fanno i migliori aperitivi della provincia? E poi non ero al collegio Cavanis, tanto per puntualizzare…».
«Hai ragione» riprese Piero. «E 'un eri al Cavanis, ma al Cottolengo[7] del Calambrone!».
«Ma te, Piero, da che parte stai?».

---

6 Di alta educazione e classe sociale.

7 Istituto che accoglie disabili psichici e/o fisici.

«Dalla tua!».
«E 'un mi sembra! Comunque, se avete voglia di prendere per il culo qualcuno, andate a cercarlo in piazza, io ora vado a prendere l'aperitivo dalla Paola e vi vo parecchio nel culo[8]».
«Però dalla Paola si paga, mentre qui no!» gli ricordò Piero.
«Hai ragione, allora lo sapete che fo? Prendo l'aperitivo, mi metto nell'angolino della saletta e vi sto ad ascoltare, però non chiedetemi nulla, nemmeno un parere, perché la mia bocca rimarrà chiusa».
«Allora vorrà dire che gli stuzzichini al salmone che avevo preparato per l'aperitivo li mangeremo io e Piero, visto che... non puoi aprire bocca» rispose Marco.
«Lo sapete cosa siete? Siete delle merde, ecco!».
Appoggiato sul tavolo il vassoio con i crostini al salmone e i tre aperitivi, Marco si sistemò sulla poltrona, di fronte ai due amici:
«Allora, avete scoperto qualcosa?».
Per tutta risposta, Piero tirò fuori dalla tasca del cappotto una chiave, con all'estremità una striscia di raso rosso: la portò all'altezza degli occhi di Marco e si mise a dondolarla; alla quarta oscillazione incominciò a parlare:

---

8 Espressione utilizzata per confermare la totale indifferenza verso quella o quelle persone.

«Sul subito credevamo che tutte le case lungo la strada fossero deserte. Nell'abitazione attigua a quella della Maria non aveva risposto nessuno, anche se da una finestra socchiusa del primo piano provenivano rumori e odori tipici di chi è intento a cucinare. Anche nell'abitazione successiva nessuno aveva risposto al campanello; poi, a un tratto, sul lato opposto della strada, una donna che stava spazzando il marciapiede ci ha chiesto ad alta voce: "Cercate qualcuno? Sappiate che da noi i Testimoni di Geova non sono ben accetti!"».

E qui entrò in scena Andrea. Piero, rivolgendo lo sguardo verso l'amico, terminò con: «Vuoi continuare te?».
«Sì, volentieri! Però prima voglio ribadire che l'aperitivo lo fa meglio la Paola».
Andrea, con lo sguardo fiero tipico delle persone che si prendono la rivincita, fece trascorrere tre secondi di pausa teatrale per poi continuare:
«E ora che mi sono tolto il sassolino dalla scarpa, racconto a Marco la scenetta. Dunque, non appena la donna ha finito la frase, le sono andato incontro e, a mano a mano che mi avvicinavo, aumentava la sensazione che fosse un volto conosciuto; poi, tutto d'un tratto, come se il tempo non fosse mai passato, l'ho riconosciuta. Era l'Adele, detta anche l'Urlona, bidella delle scuole medie, nota nel mondo scolaresco cascianese per gli strilli che emetteva.

Credo di averla vista l'ultima volta oltre trent'anni fa e, ti giuro, non è cambiata per niente: stesso fisico a fiasco, cioè un culo enorme attaccato a un tronco esile, con i piedi "alle dieci e dieci". A quel punto, guardandola negli occhi, le dico: "Adele, o che non mi riconosci? Sono Andrea Lupi!". E lei, dopo un attimo di incertezza, mi scruta dalla testa ai piedi e poi, rialzando lo sguardo, mi fa: "O che ti sei messo a fare il Testimone di Geova?". Insomma, per farla breve, le racconto il fatto e a quel punto, con espressione preoccupata, mi confida che anche lei era qualche giorno che non vedeva la Maria. All'inizio aveva pensato che fosse andata a trovare la sorella a Bologna, ma poi, questa mattina, volendosi accertare che tale ipotesi fosse giusta, aveva telefonato al nipote, e la preoccupazione le era aumentata: la sorella della Maria era ricoverata all'ospedale per una frattura all'anca destra, e il nipote le aveva detto che da qualche giorno non sentiva sua zia e, purtroppo, occupato a stare dietro alla madre, non aveva avuto il tempo di approfondire».

«E da qui si viene a scoprire che la bidella è in possesso delle chiavi di casa della Maria» riprese Piero. «E quando noi le illustriamo il nostro piano, è ben felice di consegnarcele "Purché si faccia luce sul mistero. E, mi raccomando, tenetemi aggiornata"».

«Ottimo lavoro ragazzi!» disse Marco con soddisfazione. «L'intuizione era giusta. Ora non ci

resta che fare le prossime due mosse».
«La prima la posso immaginare» fece Andrea. «E cioè quella di accertarsi se la Maria è in casa e, nel caso, se ha bisogno di aiuto. Ma la seconda qual è?».
«La seconda, cari Andrea e Piero, è prendere informazioni sul nipote della Maria; trovo strano che il soggetto, benché abbia da accudire la madre, non si sia allarmato dopo la telefonata della bidella… A meno che non abbia delle deficienze mentali, o che non abbia un buon rapporto con la zia. Forse mi sbaglio, e magari è una brava persona, ma è sempre meglio accertarsene. Avete mica preso il suo nome e l'indirizzo di dove abita?».
Andrea tirò fuori dalla tasca il suo taccuino da detective, lo sfogliò e lesse:
«Bottega Giovanni, Via Ferravilla 31/a, Bologna».
«Saresti da sposare, Andreino!» esclamò Marco, con la consapevolezza di passare la palla a Piero. Detto fatto, Piero, vigile sulla provocazione, attaccò:
«Sì! Così gli rispuntano le corna sulla fronte!». E la palla ritornò nuovamente nelle mani di Marco.
«Dai Piero, non è mica detto che tutte le volte Andrea abbia la sfortuna di trovare delle mogli, come dire… con il vizietto di andare a pigiare a destra e a sinistra?».
«Non ho detto a destra e a sinistra!» incalzò Piero. «Fatto tra l'altro che gli è successo l'ultima volta! Ho parlato solo di corna. Comunque… Magari, questa volta, potrebbe pigiare davanti e dietro».

«Con voi non si può mai fare un discorso serio!» esclamò Andrea, alzandosi in piedi e dirigendosi verso il bancone per servirsi di nuovo l'aperitivo.
«E a noi?» fecero all'unisono Marco e Piero.
«E voi, visto che avete il tempo di prendermi per il culo, potreste utilizzare una parte di quel tempo per alzarvi e servirvi da soli, care merdacce».
Sorseggiando il secondo aperitivo, Marco riprese a parlare.
«Allora, io direi di dare il nome del nipote al Bevacqua, chiedendogli di prendere informazioni, mentre noi oggi pomeriggio verso le 15 andiamo a fare un sopralluogo a casa della Maria».
Era stata una giornata impegnativa, il sopralluogo era durato più di due ore. Avevano guardato in ogni angolo, ma purtroppo della donna non c'era traccia. Come cani da segugio, avevano osservato e preso nota di ogni elemento insolito che poteva risultare utile all'indagine; poi, alle 17:30 si erano salutati.
Marco, occupandosi del caso, aveva lasciato quasi tutto il giorno da sola la Grazia e si sentiva un po' in colpa, anche se era stata lei, con i suoi occhi da cerbiatta, a dare inizio alle danze.
Dato che l'albergo era senza clienti, tutti e due avevano convenuto che una cena a base di pizza, seduti sul divano a guardare la tv, sarebbe stata semplicemente perfetta.
Lei aveva deciso che il film della serata non poteva essere altro che "Ghost" e, benché Marco detestasse

i film strappalacrime – anche se Demi Moore valeva pur sempre uno sguardo – non contestò la scelta; si accomodò bene bene con le gambe sul bracciolo del divano e con la testa sulle gambe della Grazia e socchiuse gli occhi…

È meraviglioso Molly, l'amore che hai dentro. Portalo sempre con te…Che palle…

La mattina dopo erano ancora lì. La Grazia non si era alzata per non correre il rischio di svegliarlo, mentre Marco, che durante la notte si era destato un paio di volte, aveva deciso che il profumo della Grazia e la morbidezza delle sue gambe erano assai migliori del materasso e delle coperte della camera del portiere di notte.

QUATTRO

Lunedì 17 dicembre

La Grazia era salita al primo piano per sistemare le camere in attesa del pienone dell'ultimo dell'anno. Marco invece si era recato in saletta, con tanto di aspirapolvere e con uno straccio che gli fuoriusciva dalla tasca dei pantaloni per una buona metà della sua lunghezza; il rumore dell'aspirapolvere super silenzioso, acquistato appena un mese prima dalla Grazia, non era quello solito, ma Marco, intento a rimuginare sul sopralluogo del giorno prima, non ci fece caso più di tanto.

La sensazione che aveva avuto ispezionando la casa della signora Maria era stata quella di un abbandono improvviso dell'abitazione da parte della donna.

In cucina, sul tavolo apparecchiato con una tovaglia plastificata e consumata dal tempo, il cui colore originario doveva essere un rosso corallo, c'era una scodella con ancora i resti di una minestra, che Marco aveva identificato come passato di verdura, per il suo colore verde scuro. Il cucchiaio giaceva accanto al piatto, sopra un liquido (anche questo verde scuro) che si era allargato fino a raggiungere il bordo della tovaglia, per poi "suicidarsi" sul pavimento. Il bicchiere, che era alla destra del piatto, conteneva ancora del vino rosso proveniente quasi sicuramente dalla bottiglia al centro del tavolo… L'odore di acido acetico aveva incominciato a impregnare la stanza. Nell'acquaio, vicino alla portafinestra che dava sul piccolo terrazzo, c'era una casseruola in acciaio piena d'acqua, il cui strato superficiale presentava una velatura oleosa con riflessi verdognoli.

Marco aveva posto particolare attenzione al fatto che la sedia, orientata con un angolo di 90 gradi verso la porta della cucina, era eccessivamente distanziata dal tavolo e che la ciotola della gatta risultava stracolma di crocchette.

Il resto dell'abitazione, anche se con una leggera patina di polvere su tutti i mobili, era in perfetto ordine.

Mentre Marco aveva deciso di ispezionare il sottotetto, Piero e Andrea, con entusiasmo, si erano dedicati al mobilio… Era come se fossero tornati bambini, intenti ed eccitati a partecipare a una caccia al tesoro.

La soffitta di ampie dimensioni, e con un'altezza sufficiente da poter essere trasformata in un duplicato dell'alloggio sottostante, era destinata per metà a lavanderia, con tanto di lavatoio, lavatrice, asciugatrice, e reparto stenditoio, ovvero quattro corde tese da muro a muro, sulle quali erano appesi una coppia di lenzuoli bianchi e quattro paia di mutande di cotone, dalle dimensioni incredibilmente grandi – *identiche a quelle della mia povera nonna* –. Al centro, invece, c'era una grande tavola da stiro con sopra un enorme ferro a vapore.

Farebbe invidia alla lavanderia "Da Norma"…

Nell'altra metà della soffitta, sui lati c'erano delle scaffalature in ferro, divise per sezioni in senso verticale: la sezione olio, e qui su ogni ripiano si trovavano contenitori in vetro o in latta delle più svariate marche; la sezione vino, in cui Marco a occhio e croce stimò oltre cento bottiglie, alcune risalenti al 1970; e ancora, la sezione liquori, anch'essa con una quantità ragguardevole di bottiglie; alcune, dai nomi fantasiosi, erano fuori commercio da oltre vent'anni: un "Vermouth chinato di Torino", un "Ferro-China" marca Vegè, un "Génépy St. Roch", un "Alpestre" di Carmagnola – *Già! La signora, insieme al marito, gestiva il bar della piazza* –. E poi ancora, la sezione scatolette, la sezione sottovuoto, la sezione carta igienica, la sezione saponi, e così via.

Se scoppia la terza guerra mondiale, so dove rifugiarmi…

Sulla parete in fondo alla stanza c'era un vecchio armadio a tre ante, completamente vuoto. Visti i segni di trascinamento presenti sul pavimento, l'armadio era stato spostato dalla parte centrale a quella in cui ora si trovava.

Si vede voleva fare la sezione vestiti, ma non ne ha avuto il tempo…

Marco ripercorse interamente i due ampi locali illuminati da quattro grandi lampadari in vetro di colore verde, con in bella evidenza la scritta "Sala Biliardi".

Di sicuro anche questi provengono dalla ultratrentennale gestione del bar.

Quando Marco scese le scale trovò i due amici ad aspettarlo sul pianerottolo. Andrea aveva con sé una busta della spazzatura al cui interno aveva riposto una quantità considerevole di lettere.

«Cosa stai portando via?» chiese Marco all'amico.

«Sono tutte lettere della banca… L'unica cosa che ho trovato in disordine. Erano sparse in fondo all'ultimo cassetto del comò e, visto che il resto era tutto in ordine maniacale, compresi gli anelli, le collane, le spille, il porta assegni in pelle marrone con all'interno un blocchetto di assegni e la carta bancomat, mi sono chiesto se potevano condurci a qualcosa, così le ho prese… in prestito; poi, ovviamente, le riconsegneremo alla signora».

«Se la troviamo…» intervenne Piero.

Avevano chiuso la porta alle loro spalle e si erano avviati verso l'albergo, per poi salutarsi all'incrocio di via Roma.

Appena Marco terminò di riassumere fra sé e sé l'esito del sopralluogo, l'aspiratore emise un inquietante suono sordo. Contemporaneamente, attraverso la bocchetta di espulsione dell'aria, fuoriuscì una nuvola di polvere che si posò su tutte

le suppellettili della saletta.
Cazzo, mi son dimenticato di cambiare il sacchetto… Ora mi tocca ricominciare da capo, puttana la miseria…
Quando la Grazia, dopo aver terminato di sistemare le camere, scese al piano terra, si avvicinò intenzionalmente a Marco, e quando la distanza tra i due si ridusse a poco più di tre centimetri, iniziò da prima ad accarezzargli i capelli e poi, avvicinandosi ancora di più e premendo il seno contro il suo petto, incominciò a baciarlo, ora su un occhio, ora sul naso, ora sull'altro occhio.
Qui gatta ci cova…
Tre furono i godimenti da parte di Marco, consumati quella mattina: il primo quando lui salì sopra di lei, il secondo, una mezz'oretta dopo, quando lei salì sopra di lui, e il terzo quando lei decise di abbandonare il cavallo.
Meno male, 'un sapevo più come fa'…
Distesa accanto a lui, con gli occhi rivolti al soffitto, Grazia gli strinse la mano sinistra e con voce fievole fievole incominciò a parlare:
«Senti Marchino, visto che l'albergo è vuoto, e che tu passerai il giorno di Natale da tua madre, io quasi quasi andrei qualche giorno a trovare mia nonna e mamma a Mazzara del Vallo. È quasi un anno che non le vedo, e la nonna ha ormai più di ottantacinque anni, magari non avrò un'altra occasione… Cosa ne pensi?».
L'avevo detto che gatta ci covava…

«Per me va bene, ma quando ritorneresti?».

«Pensavo di rientrare il 27 sera, magari mi vieni a prendere all'aeroporto; il volo atterra alle 21:55».

Senti senti, la cerbiatta ha già pianificato tutto…

«E quando partiresti?».

«Domattina alle 11:55. Però non ti disturbare, mi accompagna Valeria. Ti ricordi di mia cugina, vero? Venne con me fin qui in albergo a settembre, al mio rientro dalla Sardegna».

E chi se la può dimenticare, Valeriona-coscia-lunga…

«E a che ora arriva?».

«Mah! Di solito con un'ora di volo…»

«No, non l'aereo, mi riferivo a tua cugina, così magari… non prendo impegni… Nel senso, mi ci faccio trovare… Cioè non lasciamo l'albergo incustodito…».

«Alle 9 sarà qui. Ma non è che tu…» Lo sguardo in tralice della Grazia lasciava ben intuire la domanda.

«Ma dai, Grazia… Per te c'è sempre un secondo fine…».

«No, no! Il fine è sempre quello… Voi uomini…».

E così dicendo si avvicinò nuovamente a Marco, non si sa se per gelosia verso la cugina, o perché aveva ottenuto ciò che voleva senza intoppi di sorta; sta di fatto che decise di fare ciò che per lei andava fatto.

Vorrà dire che dopo mi farò uno zabaione… con un cucchiaino di zucchero in più… Meglio due tuorli e due cucchiaini… Facciamo tre…

CINQUE

Martedì 18 dicembre

Dopo che il lato b della Grazia, unitamente al lato b della cugina Valeria, aveva lasciato l'albergo, Marco, con un po' di depressione dovuta all'allontanamento di quegli insuperabili sederi, ma con la consapevolezza che per i successivi nove giorni sarebbe ritornato nel suo status di single, si avviò dietro il bancone della reception, prese il telefono e chiamò il Bevacqua:

«Pronto, sono Vincenti... C'è per caso il maresciallo?».

«Salve Vincenti, sono Lombardi, glielo passo subito».

Questo continua a credere che in caserma ci sia un plotone di carabinieri. O Lombardi... e siete in due! Lei e il maresciallo, che di solito non risponde al telefono, quindi è inutile che lei tutte le volte mi dica come si chiama... e lo sooo!!!

«Buongiorno Marco, volevi informazioni sul nipote della signora Maria?».

Se mi dà del tu vuol dire che è solo...

«Sì Corrado. Però, come al solito, sono rimasto solo io qui in albergo e non posso muovermi...».

«Non preoccuparti Marco, tra cinque minuti sono

da te».

Deve essere successo qualcosa, altrimenti avrebbe sparato il suo consueto sproloquio... "Sempre io devo venire da te! Invece sarebbe opportuno che tu venissi da me". Che palle...

Appena ebbe terminato la telefonata con il Bevacqua, Marco chiamò prima Piero e poi Andrea, invitandoli quanto prima a raggiungerlo. Il primo, che era dal fornaio, e quindi a due passi dall'albergo, arrivò contemporaneamente al maresciallo, Andrea invece raggiunse il gruppo circa quindici minuti dopo, ansimando.

«Scusate il ritardo ma dovevo terminare di sistemare le lettere della Maria».

«Di quali lettere state parlando?» fece il Bevacqua con tono irritato.

Toccò a Marco, con voce pacata, spiegare l'esito del sopralluogo, terminando con una frase di convincimento.

«Come vedi, Corrado, non abbiamo preso nulla d'importante, ma soprattutto non abbiamo rubato nulla».

«Mi sembra invece che abbiate rubato qualcosa!» replicò il Bevacqua indicando la pila di lettere della banca che Andrea aveva appoggiato sul tavolino. «E poi, un conto è andare a vedere se la signora Maria è in casa e se ha bisogno di qualcosa, un altro è ispezionare tutto l'immobile e addirittura portare via dei documenti personali della signora. Per non parlare del fatto che quasi sicuramente avete lasciato

le vostre impronte digitali da tutte le parti. E se domani, per non dire oggi stesso, qualcuno denunciasse la sua scomparsa? E magari non a me, ma alla Polizia? Cosa gli andate a raccontare a quell'ispettore zelante, che sicuramente vi convocherà in commissariato per capire come mai le impronte di un albergatore, di un geometra e di un… nulla facente sono state rilevate nell'abitazione di una persona scomparsa?».
«Per prima cosa avevamo tutti e tre i guanti di lattice, acquistati dal sottoscritto per l'occasione» rispose Andrea. «E per seconda, le lettere non sono state rubate, caso mai prese in prestito, tanto che abbiamo informato del fatto un rappresentate delle forze armate, cioè te».
Andrea fu interrotto dal maresciallo che, alzandosi in piedi e con tono di voce sufficientemente più alto per sovrastare quello dello stesso Andrea, incominciò uno dei suoi monologhi tritacoglioni:
«Vi ricordo, cari detective della domenica, che tra noi c'era un patto e cioè che nessuno doveva oltrepassare il limite d'indagine al fine di non rischiare in prima persona; inoltre il patto prevedeva di non coinvolgermi personalmente e pubblicamente. La vostra attività doveva essere e rimanere anonima, discreta, impercettibile, oscura, sconosciuta, ignota, – *ci manca in incognito Corrado…* – in incognito, – *ecco l'avevo detto...* – e invece voi cosa fate? Sottraete anche dei documenti che potrebbero

essere importanti per un'eventuale indagine pubblica del caso. Insomma… non erano questi gli accordi, santo cielo!».
Terminata la frase, Marco si sentì in dovere di intervenire per calmare i bollenti spiriti del Bevacqua.
«Vedi caro Corrado, nessuno vuole o ha voluto metterti in difficoltà; il fatto che io stesso ti abbia chiamato per aggiornarti sul fatto ne è la prova tangibile, inoltre sai bene perché hai accettato questo accordo! E se non te lo ricordi più, te lo ricordo io! Te hai fatto un patto con noi perché di noi ti fidi, e sai che non faremmo mai gesti o attività inopportune. Quanto all'ispezione, ti confermo che durante il sopralluogo, come ti ha già rassicurato Andrea, tutti e tre avevamo i guanti, e ogni cosa è stata lasciata al suo posto, lì dove si trovava, a eccezione delle lettere della banca che Andrea ha ritenuto di prendere in prestito solo per un giorno o due. E perché le ha prese? Perché ha trovato insolito che la Maria, donna precisa e ordinata, le tenesse arruffate in fondo a un cassetto, tutto qui. E ti prometto che appena Andrea ci racconterà cosa ha scoperto torneranno in fondo a quel cassetto».
Il Bevacqua, dopo la spiegazione di Marco, si tranquillizzò, il viso gli ritornò di colore rosa pallido e si accomodò sulla poltrona guardando i tre detective.
«Mi scuso innanzi tutto per il tono di voce che ho

usato. Tengo a precisare, per il sentimento di amicizia che ho verso voi tutti, che la mia rabbia non era dettata da una mancanza di fiducia nei vostri confronti; so bene che siete brave persone, ma ispirata da un senso di protezione… Cioè volevo dire che… sarei molto addolorato se vi succedesse qualcosa di spiacevole, insomma. Scusate di nuovo».
Andrea, il più sensibile di tutti, aveva gli occhi che gli si stavano riempiendo di lacrime; per allontanare l'emozione si alzò di scatto dal divano gettandosi dietro il banco del bar, e come se nulla fosse chiese ad alta voce:
«Caffè per tutti?».
Quando ognuno di loro ebbe terminato di bere il proprio caffè, Andrea prese la parola.
«Allora, ci ho lavorato tutta la notte, usando i guanti di lattice, ovviamente, e ho potuto accertare che tutte le lettere sono di un unico istituto bancario, il Banco Popolare filiale di Perignano, e tutte intestate a Maria Bartoccini. Le ho messe per ordine di data, e la prima risale al marzo di tre anni fa. Sono praticamente estratti conto trimestrali, fatta eccezione per due avvisi di scadenza di un certificato di deposito di 200 mila euro, risalenti il primo al 15 dicembre di tre anni fa e il secondo al 16 dicembre dell'anno scorso. Inoltre vi sono due conferme di rinnovo di detto investimento, una del 29 dicembre di tre anni fa e una del 30 dicembre dell'anno successivo. Ho messo tutto su un foglio

Excel e ho fatto quattro copie, una per ciascuno; eccole qua!».
«Hai fatto un buon lavoro» rispose Marco. «Adesso non resta che restituire alla Maria tutti i documenti: me ne occuperò personalmente domani mattina. Dimenticavo, questa sera, se non avete impegni, vi invito a cena qui da me, tutto a base di affettati misti, sottaceti e sottoli con contorno di formaggi».
«Bene!» fece Piero. «Io mi occuperò del vino».
«E io porto il pane» disse il Bevacqua.
E "saòsa[9]"! L'hai detto porto lo champagne!
Andrea non aggiunse altro, per non compromettere minimamente il suo portafoglio.
Nel pomeriggio, visto che l'albergo era vuoto e che le pulizie generali erano state già fatte dalla Grazia prima di partire, Marco decise di dedicarsi a riassumere i fatti.
Il macellaio venerdì mattina ha detto alla Grazia che non vedeva la signora Maria da tre giorni, quindi l'ultima volta che l'aveva vista era la mattina di martedì 11 dicembre. Da quel giorno della Maria si perdono le tracce. Si può anche ipotizzare che la sua scomparsa sia avvenuta la sera del martedì durante la cena perché, mentre nel sacchetto dei rifiuti organici c'erano gli scarti delle verdure, nell'acquaio c'era solo una casseruola di piccole dimensioni, non adatta a contenere le verdure da bollire per poi, con l'aiuto del tritatutto, farne un passato. Inoltre non c'era traccia del

---

9 E sai cosa!

pentolone e del tritatutto, nemmeno sullo scolapiatti, segno evidente che Maria aveva preparato la pietanza durante il giorno e poi, precisa com'è, aveva lavato e rimesso a posto il tutto. La sera a cena, quindi, si era limitata a scaldare la minestra nella piccola casseruola, poi se l'era servita nella scodella e aveva incominciato a mangiarla, senza però riuscire a terminarla.

Infine, la sedia era molto distaccata dal tavolo e orientata verso la porta del corridoio, come se una persona, posta alle spalle della sedia stessa, l'avesse trascinata volutamente indietro per invitare la persona seduta ad alzarsi. Ma non credo che sia stato proprio un invito…

Con oggi sono sette giorni che nessuno ha più visto e sentito Maria; e ora passiamo ad analizzare il lavoro di Andrea: gli estratti conto trimestrali, con decorrenza dal marzo di tre anni fa, con l'eccezione degli ultimi trimestri di due anni fa e dell'anno scorso, ci sono tutti. Strano che questi due manchino, data la precisione della Maria. L'altra cosa strana sono le comunicazioni riguardanti la scadenza e il rinnovo dei certificati di deposito. Il primo avviso di scadenza risale al 15 dicembre di tre anni fa, anno in cui morì suo marito; l'importo del certificato è uguale all'importo versato dalla Paola per l'acquisto del bar, quindi è ipotizzabile che abbia investito il ricavato della vendita proprio nei certificati di deposito. Poi c'è la comunicazione del rinnovo del certificato, datata 29 dicembre dello stesso anno, quindi la Maria all'epoca si recò quasi subito in banca per rinnovare l'investimento e, a quanto contenuto nel documento, lo rinnovò per un anno. Benché la nuova scadenza dell'investimento fosse prevista per il mese di dicembre dell'anno successivo, non vi è traccia dell'avviso, mentre troviamo una comunicazione della banca, datata 30 dicembre, riguardo al rinnovo. E veniamo a un anno fa, quando il 16 dicembre la Maria riceve l'avviso di scadenza del certificato di deposito. Come mai nei documenti trovati nel cassetto non vi è traccia della comunicazione del nuovo investimento da parte della banca mentre nell'estratto conto trimestrale a chiusura dell'anno troviamo nella colonna "avere" il deposito di tale somma e, due giorni dopo, nella colonna "dare", l'uscita dello stesso importo e le spese di commissione relative all'emissione del nuovo certificato? Possibile che la Maria, così tanto precisina, abbia perso questo documento? Fatto certo, comunque, è che la Maria ha rinnovato l'investimento e, se ciò fosse anche confermato dalla banca, la nuova scadenza dovrebbe essere stata tra il 15 e il 16 dicembre, e l'avviso di scadenza dovrebbe esserle arrivato nei due, massimo tre giorni successivi. Ora, dato che la scomparsa della Maria risale al giorno 11, l'avviso della scadenza dell'investimento non poteva essere nel cassetto, ma caso mai… Credo che domattina sia opportuno, oltre a rimettere nel cassetto i documenti così il Bevacqua non spacca più i coglioni, che io faccia una visitina alla cassetta della posta.

Tra le 18:30 e le 19:30 Marco rispose a quattro telefonate. La prima era della Grazia che lo informava che era già arrivata a casa di sua nonna, il viaggio era stato noioso e nostalgico e non vedeva l'ora di essere nuovamente al suo fianco.

Di già? Meno male che sei a 700 km…
La seconda telefonata era stata di sua madre, che per l'ennesima volta voleva essere rassicurata sulla sua presenza a pranzo per il giorno di Natale.
E quattro! Ora le mando una raccomandata.
La terza era del suo amico Paolo di Milano che gli faceva gli auguri di Natale informandolo che quest'anno non si sarebbero visti per le festività. Aveva conosciuto a un meeting una bellissima donna e aveva deciso di trascorrere con lei quindici giorni a Dubai; sarebbe partito il giorno successivo.
Io sono più fortunato, "du' bai[10]" ce l'ho in giardino…
L'ultima telefonata era di una cliente per la prenotazione di una camera dal 21 al 23 dicembre compreso.
E perché no? Così la mattina faccio qualcosa…
La tavola era imbandita di ogni affettato che si potesse trovare sulla crosta terrestre. Oltre a due etti di prosciutto toscano, finemente preparato da un macellaio di Pontedera (soprannominato da Marco "Il Carato", appellativo che aveva trovato conferma quando, con l'aggiunta di numero tre salcicce fresche di maiale, il macellaio gli aveva richiesto la modica cifra di euro 11,20, aveva messo in tavola anche un etto e mezzo di Pata Negra, un etto di prosciutto di Parma, un etto di lardo di

10 In vernacolo labronico, ma anche pisano, "du' bai" sta a significare "due bachi" (vermi).

Colonnata, un etto di prosciutto di tacchino, un etto di salame di cervo e un etto di salame di capriolo, oltre a cinque salsicce di cinghiale. A far da contorno a questa cascata d'insaccati c'erano: due mezze forme di formaggio pecorino, uno meno e uno più stagionato, prodotto da un contadino sardo trapiantato a Casciana da oltre trent'anni, a cui Marco si era particolarmente affezionato; due barattoli di melanzane grigliate sottolio fatte dalla cara mammina, un barattolo di carciofini portati dalla Grazia al suo rientro dalla Sardegna e uno di peperoni piccanti calabresi di cui non ricordava la provenienza.

Visto che ci sono, assaggiamoli…

Prima ancora che tutti si fossero seduti a tavola, era già stata fatta fuori una bottiglia di prosecco e una buona quantità di Campari.

Durante lo svuotamento dei vassoi e dei barattoli, il Bevacqua, che si era completamente scordato il vero motivo dell'incontro della mattinata, informò i presenti che il nipote della Maria poteva essere considerato tra i sospettati per tre semplici motivi: primo, era un accanito giocatore di poker e, non avendo un lavoro fisso, sperperava quel poco che la madre gli allungava ogni mese; secondo, alla morte della signora Maria avrebbe ereditato, insieme alla madre, sia il suo denaro sia la sua casa; dulcis in fundo – *ma senti stasera, come parla tutto di spizzico Corrado* – da sei mesi a questa parte la zia non lo

gradiva più di tanto in casa, cioè da quando era sparito dal comò l'orologio d'oro di suo marito, proprio nei giorni in cui il nipote era ospite da lei.
«Me lo ricordo l'orologio del povero Luciano!» intervenne Andrea. «Era un Rolex con cassa e braccialetto d'oro, sarà pesato mezzo chilo! Lo mostrava sempre con orgoglio dicendo "E settuvvòi e sono senza orologio"».
Quando Marco, serviti i caffè e portando in tavola una bottiglia di rum giamaicano Myers, si mise a sedere, i due detective e il maresciallo smisero di parlare, rivolgendo lo sguardo verso di lui.
«Che c'è?» domandò Marco con faccia da angioletto.
«Te invece 'un ci racconti nulla?» sbottò Piero stringendo gli occhi.
«Giusto!» fece Andrea. «Perché non ci dici le tue sensazioni e le tue scoperte? Caro il mi' Marchino…».
«Non ho molto da raccontare, siamo solo all'inizio dell'indagine e ci mancano ancora molti elementi, però credo che in qualche modo i soldi siano collegati alla sparizione della Maria».
«In che senso?» chiese Piero mentre il Bevacqua chinava la testa in segno d'assenso.
«Nel senso che i pochi elementi a oggi in nostro possesso conducono tutti al denaro».
«Spiegati meglio» incalzò Andrea.
«Provo a riassumere quello che abbiamo scoperto.

Per prima cosa tu, Andrea, nonostante la precisione e l'ordine della Maria, hai trovato nell'ultimo cassetto del comò tutti gli estratti conto in disordine, segno che qualcuno era interessato a quei documenti, e quel qualcuno non era certamente la Maria, dato che li aveva già letti e, in ogni caso, li avrebbe rimessi in ordine, e scommetterei anche per data, come hai fatto te. Ora, se io fossi interessato a scoprire quanto denaro ha sul conto corrente una persona, rinvenendo gli estratti conto avrei preso il primo, cioè l'ultimo trimestre pervenuto alla Maria; gli altri mi avrebbero dato solo informazioni storiche, mentre questo mi avrebbe aggiornato sull'importo preciso. No! Non credo che quel qualcuno avesse interesse agli estratti conto! Cercava un'altra cosa».
«Credo proprio che tu abbia ragione!» intervenne il Bevacqua. «Anche io, leggendo il documento di Andrea, ho avuto la stessa sensazione».
Andrea, che nel giro di due minuti era stato nominato tre volte e non invano, decise che era meglio rimanere in silenzio ad ascoltare. Piero invece, che non ci aveva capito nulla, si alzò in piedi e disse:
«Oh! Me lo volete di' cosa avete scoperto, o mi tocca aspetta' la seconda puntata?».
«Cercava i documenti di scadenza dei certificati di deposito» riprese Marco. «E in particolare l'ultimo».
«E allora?» continuò Piero.

«E allora niente...» rispose Marco. «È solo una deduzione. In ogni caso, anche se mi sbagliassi, stiamo parlando sempre di "denaro". E ora arriviamo al nipote. Per le informazioni prese dal Bevacqua, il Bottega Giovanni ha un vizietto, quello del gioco... E per giocare ha bisogno dell'*argent*, come dicano i francesi, cioè di soldi. Inoltre, se muore la zia, eredita un gruzzoletto, e anche qui rispunta la parola denaro. Infine, sappiamo che dall'abitazione della Maria, circa sei mesi fa, è sparito un orologio di grande valore, e la parola valore, oltre ad avere molti altri significati, è anche l'equivalente in denaro di un bene. Quindi, come vedete, questa parola è presente in ogni circostanza. Ohé, non voglio dire che il nipote sia il responsabile della sparizione della Maria... A oggi abbiamo ancora troppo pochi elementi. Quindi, proporrei al Bevacqua di approfondire le informazioni sul Bottega, magari cercando di sapere dove era e che cosa ha fatto il giorno 11 dicembre, mentre a voi due chiederei di scoprire se la Maria avesse avuto dei contrasti con i vicini, o se comunque qualcuno in paese... diciamo... Che non fosse gradita più di tanto.

SEI

Mercoledì 19 dicembre

Marco si era alzato molto presto quella mattina. Un sogno inquietante lo aveva svegliato all'improvviso, e da quel momento non era riuscito più a riaddormentarsi. Di malavoglia aveva deciso di vestirsi e di raggiungere la saletta per prepararsi il primo caffè della giornata.

Il telegiornale trasmetteva le immagini di un incendio di enormi proporzioni, causato dalla esplosione di una centrale elettrica in Cina, ma Marco aveva ancora davanti agli occhi la scena che lo aveva tormentato fino a svegliarlo. Una donna, di circa settant'anni, era distesa su un letto con braccia e gambe legate, aveva lo sguardo vitreo, smarrito, e gli ripeteva in continuazione "cercami-cercami-cercami", a volte con tono fievole, privo di forza, altre, invece con tono acuto e assordante. Marco, man mano che si avvicinava al letto nel tentativo di liberarla, doveva lottare contro il mobilio della camera, che all'improvviso si era animato: il comò, come se avesse occhi e gambe, gli ostacolava il percorso che lo separava dalla poveretta; l'armadio, staccandosi dalla parete, cercava di schiacciarlo; la sedia, sollevandosi da terra e con le gambe rivolte verso di lui, tentava di bloccarlo nell'angolo della

stanza.
Decise di alzare il volume del televisore sperando di essere distolto da quel susseguirsi di flashback minacciosi.
Alle 7:30, visto che le immagini del sogno avevano continuato a tormentarlo, decise di andare a fare colazione al bar della Paola – *poi andrò a rimettere a posto le lettere nel comò della Maria* – quindi si infilò il piumino, prese la busta con le lettere e uscì dall'albergo. L'aria fredda e pungente della mattina riuscì a svegliarlo completamente e ad allontanare piano piano la sensazione di angoscia.
Quando aprì il portone della casa, la prima cosa che fece fu quella di controllare la cassetta della posta: prese la chiave affissa in bella mostra sul lato destro del muro e sul cui cartellino in plastica di colore giallo era scritto in stampatello "POSTA". Uscì di nuovo dall'abitazione. Dopo aver preso il contenuto, un dépliant della Coop e due lettere, richiuse lo sportellino e si girò verso il portone d'ingresso, inserì la chiave nella toppa e lo aprì. Una volta entrato, accese le luci delle scale e, nell'atto di richiudere la porta, sentì prima un "ciao" e poi il rumore del portone dell'abitazione attigua che si chiudeva. Girò lo sguardo verso la strada e vide di spalle un uomo che attraversava; sul lato opposto, proprio davanti a lui, c'era un motorino: l'uomo si avvicinò, alzò la sella, tirò fuori il casco, lo indossò, accese il motore e si diresse verso il centro. Non

l'aveva visto in faccia ma era certo di averlo riconosciuto – *il Maccaferri che va al lavoro…* –, poi chiuse il portone e salì le scale. Per prima cosa infilò i guanti, poi si recò nella stanza da letto, aprì il cassetto del comò, prese le lettere e le sparpagliò sul ripiano – *e questa è fatta.* Recandosi in cucina, si dedicò a controllare la posta. La prima lettera che aprì era una comunicazione del Comune che informava la cittadinanza che con deliberazione del Consiglio comunale erano state approvate le nuove tariffe sulla tassa di smaltimento rifiuti – *speriamo che non mettano la tassa anche sullo smaltimento dello sfintere anale…* –, la seconda era una busta di tipo commerciale, con due finestre trasparenti: in quella in alto a sinistra si leggeva "Cassa di Risparmio di Pisa Lucca Livorno - Gruppo Banco Popolare" – *eccola!* La aprì. "Vi comunichiamo che in data 15 dicembre…".

Adesso sappiamo che il certificato di deposito è scaduto e che l'importo quindi dovrebbe essere stato accreditato sul conto corrente.

A un certo punto, muovendosi verso la porta finestra, sentì di avere schiacciato qualcosa con il piede destro; fece un passo indietro e notò del materiale marrone sul pavimento… Sembravano briciole di biscotto… Poi allungò lo sguardo sulla destra e si accorse che la ciotola della gatta era vuota.

Cazzo, la gatta! Ma l'altra volta non c'era…

Incominciò ad aprire tutte le stanze del piano primo, compreso il bagno e il ripostiglio, poi si accertò se la porta che andava sul terrazzo fosse dotata di gattaiola – *non mi era sembrato di averla notata l'altro giorno…* –, infine passò al piano soffitta, ma niente, della gatta non c'era traccia.
Né gatta né gattaiola… Forse si nasconde sopra qualche armadio, pazienza.
Voleva riempire la ciotola quindi, aprendo gli sportelli, si mise a cercare nella dispensa della cucina la confezione delle crocchette. Purtroppo però anche questa ricerca non dette risultati.
Uscì dall'abitazione che erano già le 9.
E ora cosa faccio? Torno in albergo o mi fermo da Corrado e lo aggiorno sui nuovi eventi?
Decise per la seconda, e si diresse verso la caserma.
Quando ebbe finito di aggiornare il Bevacqua, uscendo si soffermò sul portone a riflettere.
L'albergo è vuoto! Per le prenotazioni ho programmato la deviazione delle chiamate sul mio cellulare… Ma lo sai cosa fo? Vado a fare la spesa alla Coop, tanto più che dopodomani arriverà una cliente e non ho nemmeno il latte per la colazione… E poi così, già che ci sono, compro anche le crocchette per la gatta.
Quando raggiunse il cortile dell'albergo, montò in macchina e si avviò verso la SP13. All'altezza dello svincolo della SP 67, invece di proseguire per Ponsacco, prese a sinistra e, dopo nemmeno dieci minuti, stava già parcheggiando l'auto di fronte

all'entrata della Cassa di Risparmio di Lucca Pisa Livorno di Perignano.
Quando arrivò il suo turno si avvicinò alla cassa e osservò con attenzione l'impiegata al di là del vetro. Era una donna sulla quarantina, sufficientemente carina; portava un blazer a quadri bianchi e neri, stretto in vita e con una scollatura profonda sul seno prosperoso. Marco prese coraggio e, tirando fuori tutto il suo charme, le domandò:
«Mi scusi, avrei bisogno di un'informazione».
«Mi dica pure».
«Vede, a mia zia Maria non è ancora arrivato l'avviso di scadenza dell'investimento fatto presso di voi riguardo alcuni certificati di deposito, e trattandosi di una cifra importante mi ha pregato di venirvi a chiedere delucidazioni. Se non ricordo male, mi ha anche detto che l'investimento sarebbe dovuto scadere intorno al 15 di questo mese».
«Faccio subito una ricerca, come ha detto che si chiama sua zia?».
«Bartoccini Maria, e abita a Casciana Terme in via Chiari… Il numero civico non me lo ricordo…».
«Ha mica la delega per operare sul conto?».
«No, non ho nessuna delega, però non voglio nemmeno operare sul conto… Vede mia zia non sta molto bene e mi ha telefonato pregandomi di informarmi a proposito della scadenza… Mi ha detto che l'importo era di circa 200 mila euro e che il certificato doveva decadere intorno alla metà di

dicembre, ma contrariamente agli anni passati, quest'anno non le è arrivato alcun avviso da parte vostra».

La donna posò lo sguardo sugli occhi di Marco e decise di fidarsi.

«Non si potrebbe, ma visto il caso faccio un'eccezione... Mi dia un attimo».

L'impiegata cominciò a digitare lettere e numeri sulla tastiera. Marco non le tolse lo sguardo di dosso nemmeno per un secondo; quando, dopo circa mezzo minuto, la donna ebbe terminato, le guance le si colorirono, incrociando il suo sguardo.

«Ecco... Qui ho trovato un accredito di 205 mila euro in data 15 dicembre, quindi le posso confermare che il denaro è sul conto di sua zia; se vuole le faccio un estratto conto dall'inizio del mese».

«Sì, grazie, è stata veramente gentile signora...».

«Bianca Maria Caputo, ma può chiamarmi tranquillamente Bianca... E lei?».

«Marco... Marco Vincenti, sono il proprietario dell'albergo "Da zia Maria" di Casciana Terme».

«Io invece sono di Lari... Siamo vicini... Strano, non l'ho mai incontrata...».

«A questo possiamo rimediare subito, che ne dice di sabato sera? Potrei ospitarla a cena nel mio albergo...».

Così nel raggio di cinque metri si fa cena e... dopocena...

«Non vorrei disturbare...»

«Affatto! L’albergo in questo periodo è praticamente vuoto e per quanto riguarda la cena, cucino direttamente io, quindi…».
«Allora… perché no! Diciamo sabato alle 20:30?».
«Diciamo alle 20:30».
«Ancora una cosa Marco… – *Bene siamo già al tu* – Di’ a tua zia che da circa un mese la Banca utilizza un servizio postale privato, quindi è possibile che ci siano stati dei ritardi nelle consegne… Comunque è strano, perché la nostra Banca ha fatto questa scelta per ottenere un servizio più celere…».
«Non preoccuparti Bianca, la zia incomincia ad avere degli anni e magari l’ha persa, comunque grazie per la disponibilità».
Poi magari sabato sera le dico che l’ha ricevuta il giorno stesso… Però solo se ci sarà il dopocena… altrimenti… patire.
Non si dissero nemmeno “ciao” erano stati sufficienti i loro sguardi d’intesa.
Quando rimontò in macchina, Marco dette per prima cosa un’occhiata all’estratto conto che la cassiera gentilmente gli aveva fornito.
Dunque, il 5 dicembre c’è stato l’accredito della pensione per un importo di euro 920, come tutti i mesi, poi c’è l’accredito dell’investimento. Il saldo a oggi è di 227 mila 500 euro, fin qui niente di anormale…
Marco rientrò in albergo intorno alle 12 e per prima cosa sistemò la spesa nella dispensa, poi si diresse al bancone del bar, si versò un prosecco e accese una

sigaretta – *e adesso che faccio?* – Non terminò la domanda che il cellulare incominciò a squillare.
«Buongiorno Marco, come va? Certo se non ti chiamo io, a te non ti passa nemmeno per l'anticamera del cervello!».
«Ciao Grazia, sto bene grazie, e poi non è vero che non ti chiamo mai, ti ricordo che ci siamo sentiti proprio ieri pomeriggio e non sono passate ancora ventiquattro ore, per la precisione diciotto».
«Sì Marchino, forse è come dici te, non saranno passate nemmeno diciotto ore dall'ultima volta, però ti voglio ricordare che ti ho chiamato io e non te».
«Forse se mi davi ancora una mezz'oretta l'avrei fatto io, stavo appunto pensando a te».
Una tristezza così non la sentivo da mai, ma poi la banda arrivò e allora tutto passò…
«Allora ti manco?».
«Certo che mi manchi Grazia».
Mi manchi, mi manchi… posso far finta di star bene, ma mi manchi. Ora capisco che vuol dire…
«Prrontoo?».
«Sì Grazia, sono qui, ti sento».
«Allora se ti manco, potrei tornare prima del previsto, magari sabato, che ne dici? Io qui mi annoio da morire».
«Mi farebbe immensamente piacere, magari chiamo Piero e disdico la cena di sabato e poi chiamo mamma e le dico che non vado a pranzo

domenica…».
«No amore, non stare a disdire niente, dicevo così per dire… Poi da tua madre ci vai così di rado…».
«Eh, sì! Questo è vero, e magari ha già organizzato tutto, sai lei si anticipa sui tempi».
«E poi mi toccherebbe rifare il biglietto aereo… Rimaniamo come avevamo deciso: torno il 27, però te fai il bravo e non cedere alle tentazioni…».
«Ma quali tentazioni, Grazia? E poi con questo freddo… Non viene nemmeno la voglia di spogliarsi…».
«Non mi prendere in giro, a te 'un ti farebbe niente nemmeno la cella frigorifera del macellaio».
«Perché proprio il macellaio?».
«Niente, l'ho detto così… per dire».
«Io invece penso che qualche cosa c'entri…».
«Ma dai, cretino… Ma guarda cosa vai a pensare…».
«A pensare male a volte ci s'indovina… cara mia!».
«Ma dai, smettila di fare il geloso. E poi non ci casco, te fai finta di essere geloso, ma in realtà non lo sei».
«No, no! Infatti a me mi piace portare a pascolo le corna. Anzi, se non ce l'ho sto male…».
«Dai, falla finita Marco… E ora … ti devo lasciare perché sono già tutti a tavola, però mi raccomando: chiamami».
Mi sa che il macellaio oltre che a levarne, ne abbia messe tante di corna…

Per un attimo vide la sua testa in bella mostra sul banco della macelleria, con tanto di protuberanze e campana al collo.
Per non farsi attanagliare dal dubbio, indossò nuovamente il piumino, andò in dispensa, prese la scatola delle crocchette e uscì.
Una volta a casa di Maria, si recò in cucina. Lì, mentre si chinava per versare le crocchette nella ciotola, qualcosa incominciò a strofinarsi contro la sua gamba destra: girò lo sguardo verso i propri piedi e la vide per la prima volta. Era un'enorme soriana, il cui peso doveva rasentare i dieci chili, di colore grigio fumo… Aveva due enormi occhioni verdi che in quel momento lo stavano fissando.
«Eccoti qua piccola furbacchiona; hai sentito il rumore delle crocchette che cascavano e sei corsa subito, eh?».
Ovviamente lei non gli rispose: si limitò, avvicinandosi al cibo, a emettere un miagolio e, dopo aver odorato il prodotto, come se la cosa non le fosse gradita, si girò su se stessa e si avviò verso la porta.
Fammi vedere dove ti rimpiatti…
Uscendo velocemente dalla cucina, Marco la vide già a mezze scale, che saliva con una eleganza da far invidia ad attrici consumate e, deciso a scoprire il suo nascondiglio, continuò a seguirla, ma quando arrivò al piano superiore, della gatta non c'era più traccia. Allora si mise a cercarla tra gli scaffali, nel

pilozzo, aprì l'oblò della lavatrice, aprì l'armadio, ma niente, la gatta era nuovamente sparita nel nulla.

SETTE

Giovedì 20 dicembre

«Allora, ragazzi» disse Marco dopo avere ascoltato i due amici. «Riassumendo quanto da voi accertato, possiamo stabilire che la Maria non solo non aveva particolari inimicizie, ma addirittura era ben conosciuta in paese e anche ben voluta da tutti. Detto questo, quindi, potremmo per il momento escludere l'ipotesi di un'azione vendicativa nei suoi confronti. Sempre per il momento, perché un motivo per la sua scomparsa ci deve essere, e noi dobbiamo scoprire qual è. Se mettiamo da parte questa idea, non resta che il sospettato numero uno, cioè il nipote».

«Direi di sì!» rispose Andrea. «E tra cinque minuti avremo ulteriori informazioni sul soggetto. Questa mattina, facendo colazione al bar, ho incontrato Corrado che faceva "miao miao" con la Paola, e tra un miao e l'altro mi ha detto che alle 12:30 ci avrebbe raggiunto in albergo. Visto che sono le 12:25, proporrei nell'attesa di farci un aperitivo della casa».

«O non avevi detto che i miei aperitivi ti facevano schifo?» gli domandò Marco guardando Piero, a cercare conferma della cosa.

«A dire la verità, non ho detto che mi facevano

schifo, ma caso mai che non erano eccellenti».
«E no! Caro mio!» intervenne Piero. «Per essere precisi avevi detto che Marco faceva degli aperitivi da schifo».
«Scusa Piero, ma te non stavi dalla mia parte?».
«L'altra volta stavo dalla tua parte! Questa volta sto dalla sua». E con l'indice indicò Marco che era dietro le spalle di Andrea e roteava in senso orizzontale il proprio indice, come per dire a Piero di insistere sull'argomento.
«Allora, d'ora in poi, la mattina ti interrogherò per sapere da che parte stai durante il giorno, se dalla mia o da quella di Marco» disse stizzito Andrea.
«Non è che uno la mattina si alza, caro Andrea, e decide da che parte stare tutto il giorno» intervenne Marco. «Potrebbe capitare che uno la mattina sia a favore di una persona e il pomeriggio di un'altra, del resto viviamo in una democrazia, o no?».
«Cosa c'entra la democrazia? Io stavo dicendo che Piero fa il volta gabbana, cioè cambia partito come cambia il vento».
«Appunto» rispose Piero. «Siccome siamo in una democrazia, ho il diritto e la libertà di cambiare opinione anche tre volte al giorno, anzi facciamo quattro! Dico bene, Marco?».
«Eccome se dici bene!».
«Lo sapete cosa siete voi due…» proruppe con impeto Andrea.
«Delle merdacce!» risposero in coro i due amici,

prendendolo sottobraccio e trascinandolo in saletta.
Il cicalino della porta d'ingresso incominciò a gracchiare e contemporaneamente la voce inconfondibile del maresciallo si propagò nell'aria:
«C'è qualcuno?».
«Vieni Corrado, siamo in saletta a farci un aperitivo, lo vuoi anche te?» rispose Andrea prendendo già con la mano sinistra un bicchiere pulito e con la mano destra il prosecco.
Sarà come dici te, Andreino: io li farò da merda gli aperitivi, ma te non solo li bevi, ma li offri generosamente anche ad altri… tanto pago io.
Con gli aperitivi in mano, i quattro si avviarono nell'angolo della saletta e si sedettero nelle rispettive postazioni.
«Carissimi amici» disse il Bevacqua come se stesse parlando dal pulpito di una chiesa ai suoi fedeli *Ora ci manca che alla fine ci dica che la Messa è finita e che possiamo andare in pace… e siamo a posto.* «Purtroppo o per fortuna, il sospettato numero uno non è più sospettato».
«Sospettavo che il sospettato fosse al di sopra di ogni sospetto!» esclamò Marco con lo sguardo da angioletto rivolto verso Piero.
«Eh, sì!» riprese il Bevacqua con espressione seria. «Il nipote della Maria sembra che abbia un alibi di ferro».
Non l'ha capita…
«E se non è troppo chiedere» domandò Andrea.

«Qual è questo suo alibi?».

«Proprio ieri sera, il collega di Bologna mi ha informato che la mamma del nipote, cioè la sorella della Maria, il 9 dicembre, scivolando dalle scale di casa, si è fratturata l'anca, e da quel giorno è ricoverata all'Istituto Ortopedico Rizzoli. Il figlio, da quel momento, non solo ha passato circa dieci ore al giorno al suo capezzale, ma addirittura il giorno 11 dicembre, alle ore 15:30, quando la donna è stata operata, non l'ha abbandonata un attimo, comprese la notte stessa e quella successiva. E per vostra informazione, proprio cinque minuti fa il Bottega mi ha chiamato e mi ha informato che la madre la dimetteranno dall'ospedale nella giornata di venerdì 21, cioè domani, e che, essendo più libero, sabato mattina sarà qui a Casciana, e lo incontrerò personalmente. Però, c'è un però!».

«E cioè?» domandò Andrea.

«E cioè che proprio ieri sera, aggiornando la Paola sugli sviluppi dell'indagine, a un certo punto a lei è venuto a mente un particolare risalente a tre anni fa, relativo all'acquisto del bar. Da quanto mi ha detto, una certa famiglia Bartali, composta da babbo, mamma e figlio, pur avendo fatto un'offerta superiore a quella sua, non riuscì ad acquistare il locale perché la Maria, conoscendo storicamente la loro genia, li riteneva persone poco serie, e lei in qualche modo ci teneva che "il suo bar" fosse gestito da gente corretta. Quel giorno i Bartali, davanti alla Paola, le promisero che prima o poi gliel'avrebbero fatta pagare. Quindi, da domani mattina, indagherò anche su di loro».

«Già! Domani… Cari amici, con domani sono dieci giorni che della Maria non sappiamo più nulla» disse Marco in tono sommesso. «E credo fortemente che la donna sia ancora viva, ma che purtroppo non le resti molto tempo».

I tre lo fissarono con occhi sgranati, poi il Bevacqua, con uno sguardo da terzo grado, gli domandò:

«Che cosa intendi con "non le resti molto tempo"? E poi come fai a sapere che è ancora viva?».

Marco, con tutta calma, raccontò del sogno e dell'indagine sul conto corrente, non tralasciando di descrivere la bella cassiera; poi concluse con il riepilogo dei fatti:

«La Maria sparisce nel nulla all'improvviso la sera di martedì 11 dicembre. Dico all'improvviso perché quando siamo andati nell'abitazione abbiamo trovato in cucina la tavola ancora apparecchiata, una buona parte della minestra nel piatto e una piccola parte sia sulla tovaglia che sul pavimento. Ma non solo, il vino ancora nel bicchiere e la casseruola nell'acquaio. E questo non rispecchia in alcun modo il suo carattere e la sua mania dell'ordine Questi elementi mi hanno portato a ipotizzare che la sparizione della Maria non poteva essere stata programmata da lei stessa. Se io decidessi di sparire nel nulla, ovvero di allontanarmi volontariamente da un luogo con lo scopo di non farmi più trovare, organizzerei la mia scomparsa nei minimi dettagli: venderei gli oggetti di valore per ricavarne denaro in contanti, preleverei i miei depositi bancari e sparirei una mattina presto, alle prime luci dell'alba, perché di giorno ci si muove meglio e i mezzi di trasporto sono tutti in funzione. Qui, invece, avviene proprio il contrario, gli oggetti di valore sono ancora nell'abitazione e in banca non risulta prelevata alcun somma; anzi, addirittura quattro giorni dopo la sua scomparsa sul conto corrente le viene accreditata, per la scadenza di un investimento, una cospicua cifra. Infine, abbiamo accertato che la donna non termina la cena, anzi addirittura lascia la cucina in disordine, fatto che non rispecchia in alcun modo il suo carattere, e la sua maniacalità dell'ordine. Non vi pare tutto illogico?».

«In effetti…» ammise il Bevacqua. «La cosa appare alquanto insolita».

«Più che insolita, direi che deve essere accaduto qualcosa d'imprevisto» riprese Marco. «Qualcosa che l'ha costretta all'improvviso ad abbandonare l'abitazione e, vista l'innaturale ubicazione della sedia, direi che è stata obbligata da qualcuno. Un ulteriore elemento, che consolida l'ipotesi di un rapimento, è quello della presenza della gatta. Sappiamo che la Maria la accudiva con amore,

perché il macellaio ha raccontato alla Grazia che la donna ogni giorno si recava da lui per acquistare il macinato per la sua Coccolina. Se avesse deciso di scomparire, l'avrebbe sicuramente portata con sé, o quanto meno l'avrebbe affidata a una vicina o a un'amica, non vi pare? Altro elemento che confermerebbe il rapimento è quello della presenza del Bancomat. Ricordo ad Andrea che lui stesso si è accertato del contenuto del porta assegni. Ora, se una persona volesse allontanarsi da casa, magari anche per una semplice gita, come potrebbe sopravvivere dieci giorni senza denaro? Ricordo a tutti voi che dall'estratto conto risulta che la Maria non ha prelevato alcuna somma a far data dal primo di dicembre, quindi… Diciamo che per la "gita" avrebbe dovuto necessariamente portarsi dietro il Bancomat, non vi pare?».
«Vero!» esclamò Andrea. «Perché non ci ho pensato prima?».
«Caro Andrea, anch'io lì per lì non ho dato peso alla cosa. Poi grazie a te, quando sono venuto a conoscenza che le lettere mancanti della banca erano i due estratti conto trimestrali, riferiti al periodo ottobre-dicembre, risalenti a due anni e a un anno fa, e le due comunicazioni riguardanti l'investimento effettuato dalla Maria… Tutto ciò unito alla confusione nel cassetto, mi ha fatto capire che c'era qualcuno interessato a una di queste comunicazioni, e quel qualcuno è quasi sicuramente

anche l'autore del rapimento, e credo anche di sapere quale sia il documento che cercava».
«E qual è?» chiese Piero alzandosi dal divano e dirigendosi verso il bancone del bar.
«Facciamo una cosa» gli rispose Marco. «Visto che ti sei alzato, sicuramente per servirti un altro prosecchino, me lo versi anche a me e poi vi dico il resto?».
«Quasi quasi lo prenderei anch'io» fece il Bevacqua.
«Anche a me, grazie» aggiunse Andrea. «Però mettici anche un po' di Bitter Campari, nel mio».
«Scusa Andrea ma non dici sempre che il prosecco della Paola è di qualità migliore?» gli domandò il Bevacqua guardando Marco con un leggero sorriso sulle labbra.
Allora non ti sfugge nulla, caro il mio Corrado…
Adesso erano in tre che, a turno, prendevano in giro Andrea, e quest'ultimo, pur sapendo che i suoi amici non facevano sul serio e che tutto nasceva da quel legame sociale e sentimento affettivo che è la vera amicizia, accusava come un pugile messo all'angolo.
«Allora Marco» fece Piero mentre si stava nuovamente sistemando sul divano. «Ora ci puoi dire qual è secondo te il documento che quel "qualcuno" avrebbe cercato. O ti devo chiamare Sherlock per saperlo?».

«Io invece lo chiamerei "spaccascuregge"[11]» disse Andrea per rifarsi delle prese di culo dell'attimo prima.
Ci fu una risata generale, poi Marco espose la sua tesi:
«Non vorrei passare per quello che ha la sfera di cristallo in mano, ma quel qualcuno stava cercando un documento che poi non ha trovato, ovvero la scadenza del certificato di deposito di quest'anno, e quindi la conferma che i soldi fossero stati accreditati sul conto corrente della Maria».
«E vostra grazia, per caso, ci vuole dire come è arrivato a dedurre ciò?» continuò Andrea con un'espressione del tipo "2 a 0, palla al centro".
«Vedete, cari amici, quando una persona fa un investimento finanziario, alla sua scadenza naturale, se il rendimento ha confermato le sue aspettative, nella maggiore parte dei casi lo rinnova nel giro di una settimana, e questo lo fa per due semplici motivi: il primo è che sul conto corrente ordinario normalmente non si tengono grosse somme, e il secondo è di logica finanziaria, in quanto il rendimento annuo su un conto corrente è assai inferiore a quello dato da un prodotto finanziario. Facciamo un esempio: se per caso, o volutamente, mi capitasse tra le mani una lettera della banca che informa un cliente della scadenza di un suo

11 Persona presuntuosa e spaccona

investimento e volessi monitorare il soggetto, cioè scoprire se alla sua scadenza rinnova o meno l'investimento, mi basterebbe accertare dall'estratto conto trimestrale del periodo l'entrata e l'eventuale uscita del capitale reinvestito. Questa operazione posso ripeterla anche nell'anno successivo... Quindi, in possesso di un avviso di scadenza di un investimento e di due estratti conto del periodo, posso sapere se la persona ha continuato a investire. Ora prendiamo in esame il nostro caso. Alla Maria, due anni fa, viene inviata per posta la scadenza dell'investimento che, come sappiamo, avviene intorno al 15 dicembre.

Tale comunicazione, però, a lei non è mai arrivata perché, in qualche modo – e dobbiamo scoprire come – è arrivata nelle mani di quel qualcuno, che per comodità chiameremo Giorgio. Quindi Giorgio sa della scadenza dell'investimento e in questo caso, se volesse sapere o meno del suo rinnovo, gli basterebbe recuperare l'estratto conto trimestrale del periodo e porre l'attenzione sulla colonna delle entrate e delle uscite. E così anche per l'anno successivo. Siamo al 16 dicembre di un anno fa, quando alla Maria arriva il nuovo avviso di scadenza... Pochi giorni dopo, quando Giorgio entra in possesso dell'avviso di rinnovo, non solo ha la certezza che l'investimento è stato rinnovato, ma viene a conoscenza anche della nuova scadenza, cioè il 15 dicembre di quest'anno».

«Quindi» lo interruppe il maresciallo. «Tu ipotizzi che Giorgio stesse aspettando che i soldi ritornassero sul conto corrente della donna per poi in qualche modo prelevarli?».
«Esatto, Corrado!» rispose Marco. «Ed è per questo che le lettere della banca sono state trovate sparse nel cassetto. Quel qualcuno cercava la conferma di scadenza dell'investimento e di conseguenza l'accredito sul conto corrente. Ma c'è di più: sicuramente non poteva aspettare di rubare l'estratto conto trimestrale, che sarebbe arrivato i primi giorni dell'anno, perché non aveva molto tempo, doveva chiudere in tutta fretta la cosa».
«Adesso Marco il quadro è molto più chiaro» disse Piero. «Se quanto da te supposto fosse la realtà, il motivo della fretta potrebbe essere che, dopo svariati giorni dalla sparizione della Maria, a qualcuno potrebbe venire in mente di congelare il conto corrente, e data la fame di denaro del nipote, scommetto che sarà la prima cosa che farà al suo arrivo».
«Giusta deduzione Piero» rispose Marco. «Ma credo che la fretta sia dovuta anche ad altro e che la vita o la morte della Maria c'entrino qualcosa, ma per il momento non sono ancora riuscito a capire cosa. Mi mancano ancora tre tasselli del mosaico: uno è chi possa avere commesso il rapimento, e il secondo come pensa costui di far sparire o prelevare il denaro».

«E il terzo?» chiese Andrea.

«Come e quando morirà la Maria».

Ci fu un lungo silenzio; nessuno dei presenti osò fare ipotesi al riguardo, poi Andrea, guardando il maresciallo, domandò:

«Caro Corrado, dato che io e Piero conosciamo molto bene la famiglia Bartali, che ne dici se, con molta, molta discrezione, ti diamo una mano?».

Il Bevacqua non rispose, si limitò a guardare i due con severità poi, cambiando l'espressione in uno sguardo misericordioso, annuì e disse:

«Mi raccomando, con molta, molta, e sottolineo mooolta discrezione».

«Fidati di noi» gli rispose Andrea.

OTTO

Venerdì 21 dicembre

Alle 8:30, dopo circa due ore che era in piedi, e dopo aver ascoltato alla televisione ben tre telegiornali, uno su La7, uno sulla Rai e uno su Sky – *bisogna sempre conoscere i diversi punti di vista…* – Marco si recò al forno per acquistare due sfilatini e due brioche… Non voleva trovarsene sprovvisto nel caso in cui la cliente in arrivo chiedesse di fare colazione, anche se non le era dovuta e poi, comunque, doveva comprare il pane per gli affamati della sera.

Il giorno prima Piero aveva deciso che avrebbe cucinato lui a casa sua e alle 19:30 sarebbe arrivato con la cena pronta. Aveva anche stabilito che Marco doveva occuparsi solo di preparare la sala e di comprare il pane.

Quando entrò dal fornaio, trovò una fila paragonabile al giorno dei saldi da Harrods.

«Chi è l'ultimo?» domandò.

Due donne si girarono quasi contemporaneamente e la più vicina a lui alzò la mano. Marco le riconobbe immediatamente: una era donna Lucrezia e l'altra la madre o comunque la stessa donna che aveva visto con lei proprio il venerdì precedente.

«Arrivederci, donna Lucrezia. A domani, allora, e si

ricordi che domenica mattina siamo aperti… Chi è il prossimo?» disse il fornaio posando lo sguardo sull'ultimo cliente rimasto al momento nel negozio. Marco non rispose.
Donna Lucrezia, uscendo, lo guardò per un istante, sorridendogli, poi entrambe attraversarono la strada e sparirono nella nebbia mattutina.
«Che gran bella signora» esclamò il fornaio. «E pensare che tra poco non la vedremo più!».
«Eh sì, è proprio bella, e poi questa volta mi ha sorriso» disse Marco con lo sguardo sempre rivolto verso la strada.
«L'ho notato» fece il fornaio. «Forse te potresti avere delle chance, a me non mi guarda nemmeno con il binocolo».
«Ma perché hai detto che tra poco non la vedremo più?» gli domandò Marco avvicinandosi al bancone.
«Perché Mario, il giornalaio, soprannominato da noi paesani "so tutto" e facente parte di quella razza di persone che non si fanno mai i cazzi *sua*, proprio questa mattina mi ha raccontato che il figlio ha chiesto il trasferimento, e non credo che la madre rimanga a Casciana; senz'altro lo seguirà, a meno che non trovi l'amore qui in paese». Lo disse guardandolo fisso negli occhi e con una tale ironia che a Marco dette quasi fastidio, tanto che provocò la seguente risposta:
«Certo, se rimane, sarà sicuramente per me e non per te che vesti la taglia "mezzo tappo extra corto"».

«Sai 'osa, ha parlato Marco coscia lunga!».
«Oh, 'un avrò le cosce lunghe, ma nemmeno sono come te, che per sputare per terra devi montare su un panchetto».
«Dai dai, dimmi cosa vuoi, che è meglio?».
«Un chilo di pane nostrano, due sfilatini e due brioche, grazie».
Nel momento in cui Marco, dopo aver salutato e pagato, aprì la porta per uscire, il fornaio, cui non era andata giù l'osservazione sul suo fisico, lo apostrofò ad alta voce:
«Ehi! Squacquarella[12]… Salutami la Lucrezia».
Arrivato all'albergo, Marco trovò ad attenderlo fuori dalla porta una donna sulla settantina, sufficientemente robusta e con una faccia rotonda e simpatica che ispirava una serenità quasi celestiale.
«Buongiorno signora, aspettava me?».
«Certo! Se lei è il direttore dell'albergo, aspettavo proprio lei».
«E allora mi scuso subito, ma pensavo che lei arrivasse un po' più tardi… Ero andato a prendere dal fornaio le brioche fresche – *e anche l'appellativo di squacquarella.* Venga si accomodi».
«Grazie signor…?».
«Marco Vincenti, ma mi dia del tu e mi chiami solo Marco».

---

12 Termine labronico utilizzato per dare scarso valore alla persona: escremento umano avente poca consistenza.

«Grazie Marco, ma sono io che mi devo scusare, so bene che negli alberghi si arriva normalmente dalle 12 in poi, ma sa… io sono una che si alza presto la mattina, e alle 7 ero già sul pullman che da Fucecchio porta a Pontedera, e poi sono stata fortunata a trovare la coincidenza quasi immediata per Casciana Terme».
«Non si preoccupi, anzi mi dia la valigia che gliela sistemo in camera».
«Gentile da parte sua».
«Ha già fatto colazione?» decise di chiederle Marco, avendo notato che la donna puntava il sacchetto di brioche come un cane da caccia.
«Certo! Gliel'ho detto che mi alzo presto. L'ho fatta alle 5, ma se la sua domanda era un invito a consumare, le dico subito di sì. Che faccio, mi siedo in saletta?».
Che simpatica, mi ricorda un po' mia nonna, la stessa franchezza e la stessa assenza di pudore…
«Si accomodi pure, tra un minuto arrivo; a proposito, lei come si chiama?».
«Annamaria, ma tutti, da oltre sessantacinque anni, mi chiamano Anna, quindi, mi chiami pure così».
Terminata la colazione, la donna invitò Marco al tavolino e si fece spiegare per filo e per segno come funzionavano le Terme, gli orari di apertura, le cure e le piscine. Marco era preparato sull'argomento, non perché frequentasse lo stabilimento, ma perché aveva letto più volte, nei momenti d'inattività,

l'opuscolo pubblicitario messo a disposizione dei clienti sul bancone della reception.
Dopo averle detto praticamente quasi tutto riguardo alle cure, fatta eccezione per le irrigazioni vaginali – un po' perché riteneva che fossero argomenti in cui un uomo è meglio che non si addentri, un po' perché data l'età non pensava, a torto o a ragione, che le potessero interessare –, la donna si alzò e lo ringraziò delle informazioni, salì in camera e ne ridiscese dieci minuti dopo con uno zaino in spalla; lo salutò e si avviò verso le Terme.
Sportiva, la nonnina…
La presenza in albergo anche di un solo cliente aveva fatto cambiare a Marco il suo stato d'animo: l'ansia e la smania di trovare per forza qualche cosa da fare erano sparite; si sentiva più sereno e tranquillo con se stesso.
«Pronto, Grazia… Hai visto che ti ho chiamato!».
«Devo dire che mi hai sorpreso. Che cosa ti è successo?».
«Niente, avevo voglia di sentirti, tutto qui!».
«Va bene, allora te lo dico io cosa ti è successo: te, anche se ogni tanto ti trovi con gli amici, ti sentivi solo, l'albergo è vuoto e non sapevi cosa fare. Questa mattina, invece, è arrivata quella cliente di cui mi hai parlato e ti sei sentito subito operoso, attivo; la noia e l'ansia sono immediatamente sparite. O sbaglio?».
Confermo… è proprio la maga Circe…

«Sì, in parte è vero…».
In parte, perché sennò ti monti la testa… e poi ci pigli il vizio.
«Credo che sia la terza volta, da quando stiamo insieme, che mi dai ragione. E allora aggiungo che la noia era dovuta anche al fatto che io non ci sono; ergo, ti manco».
Ancora!
«Ma te lo avevo già detto ieri che mi manchi, o hai bisogno che te lo ripeta tutte le mattine quando mi alzo?».
«Ecco, come al solito sciupi tutto…».
«Ma dai, Grazia! Era una battuta».
«Sarà stata anche una battuta, ma non mi è piaciuta e ora ti saluto, ciao».
Marco se la immaginò che si allontanava con quella camminata inviperita che movimentava, valorizzandolo, quel suo lato b spettacolare.
Arrivarono le 19:30 senza che Marco se ne accorgesse: era rimasto immerso nei suoi pensieri tutto il pomeriggio, e non aveva ancora sistemato la sala ristorante. Quando Piero entrò con due contenitori di plastica, lo trovò ancora seduto sul divano.
«O Marchino, che hai fatto sciopero?».
In fila indiana, dietro Piero, arrivò Andrea che non si fece sfuggire l'occasione di una rivincita. Certo, prima di essere pari, di queste occasioni ne doveva trovare un buon numero e non perderne nemmeno

una, ma questa era una di quelle…
«O che hai? L’artrite deformante all’apparato genitale, che ’un ce la fai ad alzarti?».
«Scusate ragazzi» rispose Marco. «Mi ero messo a riepilogare tutti i fatti riguardo alla sparizione della Maria, e non mi sono reso conto del trascorre del tempo».
«Senti come parla tutto di fino, stasera!». Andrea stava insistendo sulle rivincite. «Il trascorrere del tempo… Sembra quasi una poesia. Complimenti!».
Marco, al secondo attacco di Andrea, si destò completamente da quel suo stato di concentrazione e rispose pacato:
«Vuoi un aperitivino? Andreino…».
«No! Guardate ragazzi, non rincominciate con questa storia, perché se no vado veramente al bar dalla Paola, e ci rimango».
Marco guardò Piero e i due si capirono al volo. Per questa volta l’amico Andrea l’avrebbe passata liscia, almeno su quell’argomento.
Quando la tavola fu apparecchiata, e dopo che Piero aveva messo a scaldare la cena nel forno, Andrea con orgoglio tirò fuori due bottiglie di vino.
«Dato che il rosso dell’altra sera era veramente buono, ho deciso di prendere un altro, prodotto dell’azienda Castelvecchio di Terricciola, “Le Colline”: un sangiovese in purezza che dovrebbe essere spettacolare. Ho fatto bene?».
Ovviamente Marco rispose immediatamente di sì,

l'unico che replicò fu Piero:
«Con la differenza, se vuoi raccontare tutta la storia, che te le hai scelte, mentre a me è toccato pagarle, caro braccino corto».
«O Piero, o che stai attento al pelo?» gli rispose Marco iniziando già a ridere.
«Al pelo non ci sto attento, ma al portafoglio sì! Ma ci fosse una volta, dico una volta, che pagasse lui!».
«Ragazzi, allora lo sapete cosa vi dico? Che la prossima volta vi stupirò con i miei effetti speciali. Aspettate e vedrete se non lo faccio!».
«Basta che però tu 'un ci faccia aspetta' troppo, se no il vino poi prende d'aceto» fu la risposta di Piero alla promessa di Andrea, e subito dopo partì Marco:
«Dai, Andrea! Falla finita, e sbilanciati, ogni tanto! Parlo ovviamente in senso economico; l'ultima volta che hai portato una bottiglia di vino avevi i pantaloncini corti e i sandali blu con l'occhiello».
«Vi ho detto che vi stupirò, e vi stupirò, cari i miei miscredenti».
«Che dici Piero, ci crediamo questa volta?» fece Marco.
«Che ti devo dire? Diamogli fiducia al… bimbo».
«Nel senso di fanciullo?» domandò Marco.
«No! Nel senso della statura» rispose Piero.
«Oh, ma siete veramente delle merde!». Questo era Andrea.
Tutto era pronto, le lasagne al ragù erano già in tavola, il vino già scaraffato, e l'agnello con le patate

lasciato nel forno perché non freddasse… I tre erano in piedi, intenti a terminare l'aperitivo, quando entrò in albergo la signora Anna.
«Che profumino, ma questa è alta cucina!».
A quelle parole Piero, con il petto gonfio di orgoglio, le rispose:
«È il piatto che mi riesce meglio, lo vuole assaggiare?».
«No, no, non vorrei scomodare…».
«Ma lei non scomoda affatto, vero Marco?».
«Assolutamente no! Anna, se non ha impegni per la serata, la ospito volentieri alla mia tavola».
Tanto uno in più o uno in meno… E poi magari si diverte a sentirci parlare di misteri e delitti.
«Siete così gentili… Come posso rifiutare… Allora vado su, mi sistemo e scendo. Ci metterò non più di tre minuti e… grazie».
Dopo tre minuti esatti la signora Anna riscendeva le scale. Marco aveva fatto in tempo a informare i due amici di chi fosse, o meglio di quel poco che sapeva di lei.
I quattro si erano accomodati a tavola e le lasagne erano già state sporzionate; mentre Marco, Andrea e Anna avevano già iniziato a mangiare, Piero era rimasto immobile con gli occhi fissi sulla nuova arrivata, la quale, accorgendosi di essere sotto osservazione, dopo avere deglutito il primo boccone, aveva rivolto lo sguardo verso di lui e gli aveva detto:

«Complimenti davvero! Lei è il mago delle lasagne. Mi ricordano quelle che faceva mia madre che, all'epoca, data la scarsità di carne di vitello, in aiuto utilizzava la carne macinata di maiale. Veramente buone!».

«La ringrazio signora Anna; come le avevo detto sono la mia specialità. Comunque vedrà che anche l'agnello non è da meno».

«Signora Anna, come mai è a Casciana Terme, tutta sola soletta, la settimana prima di Natale?» le domandò sfrontatamente Andrea.

La donna non si scompose, anzi, incominciò a raccontare la sua storia, come fosse stata una novella letta a dei bambini prima di addormentarsi. E così i tre detective vennero a sapere che praticamente non si era mai mossa da Fucecchio: lì era nata il 15 giugno di sessantanove anni prima da una famiglia di contadini; a quindici anni aveva conosciuto l'amore della sua vita e a diciott'anni si era sposata. Purtroppo non era riuscita ad avere figli e il marito, dopo la morte dei propri genitori, era l'unica persona della sua vita: niente sorelle, niente cognate e quindi niente nipoti. Dopo cinquantuno anni passati insieme, tre di fidanzamento e quarantotto da sposati, il marito all'improvviso era morto un'estate di tre anni prima e lei era caduta nella depressione più assoluta, poi:

«Mi sono detta che il mio Carlo non avrebbe voluto vedermi in questo stato, anzi sicuramente sarebbe andato su tutte le furie, quindi esattamente un anno fa ho preso la decisione di cambiare vita e di godermi, nel limite delle mie possibilità economiche, gli ultimi anni della mia vita. Io e il mio Carlo avevamo un grande appartamento con un ingresso principale e un ingresso di servizio, e avevamo due cucine: una, diciamo, per quando invitavamo amici e conoscenti; l'altra, quella da tutti i giorni. Certo meno bella e un po' più piccola, ma funzionale; ed era lì che passavamo le giornate».

«Come mia nonna, che aveva il vestito di tutti i giorni e il vestito delle feste» affermò Andrea.

«Proprio così» riprese la donna. «E allora mi sono detta: "Cara Anna, potresti affittare una parte della casa, e con il ricavato mensile, la tua pensione e quella di reversibilità di Carlo, goderti un po' di più la vita". E così ho fatto. Mi sono lasciata due stanze e il cucinotto, ho chiuso la porta che metteva in comunicazione il cucinotto con la sala, ho smontato le maniglie, e ho acquistato una piccola libreria che ho piazzato centralmente alla porta».

«Così? Senza chiedere permessi o autorizzazioni al Comune?» esclamò Piero.

«Ma che autorizzazioni e permessi! Altrimenti il mio affitto se lo prendevano loro con gli oneri! Come li chiamano… ah sì! Costo di costruzione e credo qualcos'altro. Ma perché, secondo voi il costo di costruzione non lo avevo già pagato quando, con grandi sacrifici, miei e del mio povero

Carlo, abbiamo comprato la casa?».
«Beh! Tutti i torti non li ha!» fece Marco sorridendo e rivolgendo uno sguardo a Piero.
«Comunque, e concludo per non stare a parlare tutta la sera di me, ora faccio qualche gita con delle mie compaesane, sapete quelle a offerta, dove sei costretta ad ascoltare il venditore di pentole o di aspirapolvere, e a volte vado con la parrocchia. La scorsa estate sono stata in pensione quindici giorni a Rimini, e ora mi godo tre giorni alle Terme. Questa ora è la mia vita».
Proprio simpatica la nonnetta…
Durante la seconda portata, Marco riepilogò a voce alta i fatti e gli sviluppi sul caso della Maria: la sua scomparsa, il modo in cui avevano trovato l'abitazione, le accuse al nipote riguardo alla sparizione dell'orologio, le lettere della banca mancanti. Non tralasciò alcun dettaglio. Poi fu il turno di Piero e Andrea, che per tutto il giorno avevano pedinato i membri della famiglia Bartali.
«Allora Marco» fece Piero. «Mentre Andrea si era preso il compito di seguire il figlio, io ho seguito il padre, e il pedinamento ha dato i suoi frutti. L'uomo intorno alle 11 di questa mattina si è diretto a Ponsacco in via Valdera, ha parcheggiato l'auto all'altezza del civico 83, ed è entrato in un'agenzia di viaggi. Io non mi sono perso d'animo e, facendo finta di essere un cliente interessato all'acquisto di un pacchetto vacanze, sono entrato e

mi sono messo in un angolino a sfogliare gli opuscoli dedicati alle settimane bianche, e così ho potuto ascoltare il dialogo tra il Bartali e la commessa, scoprendo che la famiglia, tutta al completo, sabato 29 dicembre partirà per le Canarie. E qui viene il bello. Il viaggio è uno di quei viaggi "di sola andata" perché si trasferiscono definitivamente a Puerto del Carmen. Il Bartali, che normalmente è un tipo ombroso e di poche parole, questa mattina aveva invece voglia di parlare e così sono venuto anche a sapere che hanno venduto la casa di Casciana Terme, il piccolo podere e il fondo commerciale di via Cavour. La cosa è molto interessante, non trovi?».

«Ma c'è di più!» intervenne Andrea. «Il figlio, proprio questa mattina, di punto in bianco ha lasciato la fidanzata, la quale, poveretta, piangendo a dirotto, ha raccontato tutto alla sua amica del cuore, cioè alla figlia della parrucchiera, e quando glielo raccontava, dato che la ragazza il venerdì aiuta sua madre, il negozio era pieno di clienti. Insomma, nel giro di dieci minuti lo sapeva tutto il paese; e sai cosa ha detto Bartali figlio alla sua ex fidanzata? Che lunedì 24 avrebbe ricevuto un sacco di soldi, e che tutta la famiglia, compreso lui, si sarebbe trasferita all'estero iniziando così una nuova vita».

Senti senti la famiglia Bartali…

«Ma c'è dell'altro!» continuò Andrea. «Oggi

pomeriggio, dato che avevo promesso alla bidella di aggiornarla sugli sviluppi del caso, sono andato a trovarla, e con l'occasione le ho chiesto se in questi giorni avesse notato qualcosa di strano».
«Questa non la so nemmeno io» disse Piero riempiendosi per l'ennesima volta il bicchiere del vino.
«Ta ta ta tan... Quinta Sinfonia in Do minore di Ludwig van Beethoven...».
«Oh! Fai meno il cretino davanti alle signore e raccontaci cosa hai scoperto, se no, visto che mi chiamo Piero, ti porto ad Arezzo in Basilica e ti sostituisco all'angelo Gabriele[13]; vedrai che con quello che ti trovi davanti, ti passa la voglia di piglia' per il culo».
«Ovvia ragazzi, un po' di suspense non guasta mai ... Comunque, torniamo alla bidella. Questa mattina, intorno alle 11, l'Adele si è affacciata sul terrazzo per prendere la spazzatura e ha notato una donna davanti al portone di casa della Maria... Allora è rientrata in casa, si è messa il cappotto ed è scesa in strada con una scopa in mano... "Sai Andrea, così non si accorgeva che la spiavo...". Dopo circa due minuti, la donna ha risalito la strada proprio verso di lei e... indovinate chi era?».
«Cappuccetto Rosso che cercava la su' nonna»

13 Piero della Francesca – affresco raffigurante l'Annunciazione – Basilica di San Francesco – Arezzo.

rispose Piero spazientito.
«Sbagliato! Era la signora Rita Mancini, ovvero la moglie del Bartali».
Marco si fece pensieroso e poi, guardando Andrea, chiese:
«E non è che tu, magari… hai…».
«Certo che io ho! O cosa credi di essere bravo solo te, caro il mio intelligentone! Finito con la bidella, sono andato subito in caserma da Corrado e gli ho raccontato il fatto, e lui l'ha fatta immediatamente convocare. Poi, alle 15, ha convocato me, non in caserma ma al bar da Paola; mi ha offerto il caffè e mi ha raccontato che la Mancini si è giustificata, per la sua presenza presso l'abitazione della Maria, sostenendo che a breve avrebbe lasciato il paese e non voleva che rimanesse di lei un'immagine "sfuocata". Oh, sto usando le stesse parole che la donna ha detto a Corrado, perché io al suo posto avrei preferito l'espressione "che rimanesse di me l'immagine della stronza". Insomma, lei era lì perché voleva scusarsi con la Maria del comportamento che aveva tenuto il marito tre anni prima, comportamento che lei non aveva mai condiviso e di cui si vergognava».
«Non c'è male come scusa» intervenne ironicamente Piero. «E te Marco cosa ne pensi?».
«Sì! Certo! La scusa è buona e tutto potrebbe tornare. La vendita di tutti i beni immobili, il viaggio senza ritorno alle Canarie, la presenza della

moglie presso l'abitazione della Maria e il figlio che dichiara che lunedì mattina riceverà un sacco di soldi, ma… Resta il fatto di "come"».

«Di "come" cosa?» domandò Piero.

«Di come entreranno in possesso dei soldi, dato che a oggi il denaro è ancora in banca».

«E te come fai a sapere che i soldi… Ah, giusto… La tua amica cassiera». Lo sguardo di Andrea si era fatto malizioso e indagatore, posandosi prima su Marco e poi su Piero, ma non vi furono né commenti né sguardi di risposta; la presenza della signora Anna non dava modo di continuare sull'argomento "cassiera".

Una volta terminato l'agnello, la donna ringraziò i presenti e si ritirò nella sua camera. Lo aveva già deciso quando era stata invitata a sedersi a tavola con loro: non avrebbe voluto essere di ulteriore intralcio ai tre amici, i quali, liberati dalla sua presenza, avrebbero concluso in santa pace la serata.

NOVE

Sabato 22 dicembre, mattina

«Buongiorno signora Anna. Dormito bene?».

«Sì, grazie Marco, ottimamente, e ti ringrazio ancora per l'invito a cena di ieri sera, era veramente tutto ottimo».

«Non mi deve ringraziare, e poi secondo me nell'agnello mancava…».

«Il timo» rispose prontamente la donna.

«Giusto, proprio il timo».

Hai capito la nonnetta…

Con esitazione la donna continuò.

«Se mi permetti, vorrei dirti una cosa a proposito del tuo racconto sulla donna scomparsa».

«Certo, mi dica pure».

«Vedi, quando tu hai raccontato dell'avviso di scadenza e dei soldi depositati sul conto corrente, ho avuto la netta sensazione che la povera Maria fosse stata vittima di un rapimento non a scopo di estorsione, ma a scopo di furto».

«Perché mi dice questo? Anche se pure io concordo…».

«Vedi Marco. L'estorsione viene effettuata quando si vuole costringere qualcuno a fare o non fare qualcosa. Se ipotizziamo che quel qualcuno non voleva che la Maria sottoscrivesse il rinnovo dell'investimento, cosa che puntualmente faceva sempre pochi giorni dopo la scadenza annuale, con il suo rapimento avrebbe raggiunto lo scopo e, quindi, in fatto di diritto, avrebbe compiuto un'estorsione. Ma a quale fine? E in che modo si sarebbe appropriato del denaro? Se il rapitore fosse un erede, non avrebbe senso, perché avere i soldi su un conto corrente, o investiti in certificati di deposito, non farebbe differenza, e poi non si sarebbe disturbato a farla scomparire, caso mai l'avrebbe uccisa. Se una persona scompare, la procedura affinché gli eredi entrino in possesso dei beni è molto lunga, e non ci sarebbe vantaggio per gli stessi, non trovi? Un bel funerale, due lacrimucce e… tanti, tanti soldi».

«La seguo Anna».

«Quindi, anche se al momento la sua sparizione potrebbe essere imputabile a un fatto estorsivo, nella realtà la finalità è diversa e, per sapere quale essa sia, è necessario capire le mosse dell'avversario, ossia del carnefice, perché anch'io, come te, sospetto che la Maria sia ancora in vita ma che tra non molto sarà ritrovata in qualche fossato… la poveretta» concluse la donna con voce commossa.

«Anna! La sua logica… come dire… è all'altezza di Miss Marple. Complimenti davvero».

«Miss Marple per me è un'amica, di lei ho letto e so tutto, anche l'inimmaginabile. Lo sai che la Christie ha scritto dodici romanzi e venti racconti con lei

protagonista? E sai qual è l'ultimo in ordine cronologico?».
«Sì, è "Addio Miss Marple", ma è stato scritto circa quarant'anni prima e pubblicato dopo alcuni mesi dalla morte della Christie, quindi è un addio in senso letterario. Fatto invece contrario rispetto a Poirot, perché nell'ultima sua infagine dal titolo "Sipario", il personaggio muore veramente e, se non ricordo male, di crepacuore, dopo aver ucciso un serial killer. La cosa curiosa della sua morte è che avviene nella stessa villa di campagna in cui era iniziata la sua attività investigativa, cioè a Styles Court».
«Complimenti, vedo che anche te ami i gialli classici di una volta».
«Io invece le devo fare i complimenti per non avermi fatto capire ieri sera la sua capacità di logica deduttiva... Si è limitata in silenzio ad ascoltare il mio racconto, e poi questa mattina... Proprio come faceva Miss Marple...».
«C'ho solo riflettuto prima di addormentarmi e poi stamane avevo sufficientemente chiaro un pezzo del mosaico».
«Vorrei solo aggiungere, cara Anna, che credo di sapere perché Maria è ancora in vita, e non è per il sogno che ho fatto, anche se credo molto nella premonizione. Credo che la signora non sia ancora stata uccisa perché se fosse stato rinvenuto il suo cadavere tutti i suoi beni sarebbero stati bloccati, compreso il conto in banca, e non era, o meglio,

non è al momento il progetto del carnefice».
«Devo ammettere che a questo non c'ero ancora arrivata. Ora però ti devo lasciare perché voglio godermi le Terme».
Un modo gentile per comunicarmi che non ha più voglia di parlare dell'argomento... Astuta la nonna...
«Bene, allora, a più tardi... Una cortesia, però... Se non le dispiace, le lascerei le chiavi del portone d'ingresso; devo andare a comprare del pesce e come sa sono solo, in questi giorni».
«Non c'è problema Marco».
Quando Marco arrivò dal suo fidato venditore ambulante di prodotti ittici, trovò la Paola che stava acquistando quattro grosse triglie pregando il ragazzo che la stava servendo di pulirle e lavarle per bene. Da dietro le sue spalle, e senza farsi notare, Marco fissò il suo amico pesciaiolo e, con l'indice appiccicato al naso, gli fece cenno di non fiatare, poi gli mandò un sms.
"NON DIRE NIENTE DELLA CENA DI STASERA"
Dopo aver letto il messaggio, l'amico annuì e iniziò:
«Ciao Marco, come va?».
«Bene, sono venuto a trovarti e a sentire se prendi un caffè con me? To', c'è anche la Paola stamattina; che compri di bello?».
«Buongiorno Marco, tutto bene? Niente di che! Questa sera pensavo di fare due triglie alla livornese che piacciano tanto a Corr... che piacciano tanto a

me e a mio figlio».
La Paola con abilità riuscì a correggersi in tempo, onde evitare uno sputtanamento cascianese: ancora la gente non sapeva della nuova storia d'amore, o così credeva lei. Marco, dal canto suo, mangiò la foglia e ci ribadì[14]:
«Lo so bene, Paola! Tuo figlio per le triglie farebbe follie… E allora buon appetito».
Più rapida dell'Arno nell'Anno Domini 1966[15], la Paola pagò il garzone, prese la busta bianca con dentro le triglie e, dribblando Marco, sparì dietro il furgone.
«Allora Marco!» lo informò l'amico pesciaiolo. «Come da tuoi ordini, ti ho messo dentro quattro etti di palamita, che una volta sfilettata e pulita te ne rimarrà sì e no tre etti, diciotto ostriche, oh… sia inteso, Belon, venti cozze della Sardegna, e vai tranquillo che sono freschissime, e otto scampi giganti, e anche qui stai tranquillo perché, come la palamita, li ho abbattuti io personalmente a meno 20 gradi per due giorni interi. Praticamente 'un cucini un cazzo e fai un'ottima figura».
«E praticamente… non spendo un cazzo» gli rispose Marco con sguardo ironico.
«Qui ti sbagli, con la modica cifra di sessanta euro e

14 In questo caso nel senso di rafforzare confermando quanto già espresso.
15 Il 4 novembre del 1966 l'Arno straripava in più punti, allagando molteplici città e paesi fra cui Firenze e Pontedera.

trenta centesimi ti levi la paura, caro Marchino».
«I trenta centesimi te li do da un centesimo, sono ora ora passato in chiesa dal prete e gli ho portato via l'incasso del sabato mattina».
«Perché sei te, dammene pure sessanta».
«Bada che per lo sforzo 'un ti prenda uno stranguglione[16]».
Dopo aver gironzolato per il centro del paese, e aver elargito circa una ventina di "Auguri di buone feste" e una decina di "Buon Natale", Marco rientrò in albergo intorno alle 12, mise il sacchetto del pesce dentro il frigo – *in una mezz'oretta riuscirò a preparare tutto, quindi a stasera… ciaooo…* – e si diresse dietro il bancone del bar per servirsi un aperitivo.
Proprio sul bancone, sotto il portacenere, trovò una busta con sopra scritto "PER MARCO", la aprì e incomincio a leggere.

"*Caro Marco,*
non avendo il tuo numero di cellulare, e dovendo partire immediatamente per Fucecchio, ti scrivo queste due righe.
Prima di tutto non ti preoccupare, a me non m'è successo niente e sto bene; sono dovuta rientrare urgentemente a casa perché alla mia inquilina è morto improvvisamente il marito e io, un po' per sensibilità e un po' perché so cosa si prova, ho ritenuto di raggiungerla e di starle vicina in questi momenti tristi e bui per lei.

---

16 Imbarazzo intestinale che può portare a vomito e diarrea.

Nella busta ti ho lasciato € 180,00 per i tre giorni che avevo prenotato; se ti devo ancora qualcosa fammelo sapere (qui sotto ti scrivo il mio numero di cellulare); altrimenti spero che avremo modo di incontrarci di nuovo. Sono stata veramente bene con te e i tuoi amici; inoltre, e te lo dico con il cuore, mi ha fatto immensamente piacere conoscerti e scoprire che sei un amante di libri gialli come me; magari, se poi mi aggiorni su come andrà a finire la tua storia, te ne sarò grata.
Un'ultima cosa: quando abbiamo ragionato sul caso, questa mattina, abbiamo parlato sempre di "qualcuno" come se tutto il progetto malavitoso fosse stato ideato da una sola persona. Ripensandoci bene, dato che il rapimento non è a sfondo sessuale, vista l'età della Maria, e che la stessa doveva rimanere in vita proprio per le tue conclusioni di stamani, credo che si tratti di più di un rapitore. Non ho mai sentito dire che un rapimento di persona sia stato gestito da un unico soggetto, se non appunto quelli a sfondo sessuale, in cui il solo e unico scopo è quello di approfittarsi, in un arco temporale più o meno lungo, del corpo della persona rapita.
Nuovamente grazie per tutto.
Un abbraccio…

Anna

PS: il postino ha lasciato una lettera del Comune… Te l'ho messa sul piano della reception. Simpatico, quando parlava mi sembrava di ascoltare il mio povero marito che aveva il suo stesso accento… Lui era di Castelfranco Emilia, mentre il postino è di Cento, con cognome tipicamente emiliano:

"Maccaferri".

Marco si servì l'aperitivo e si mise a sedere sulla sua poltrona, prese la lettera e la lesse nuovamente pensando fra sé: *grazie Anna, sei veramente una persona fantastica. Certo che ti chiamerò e ti racconterò come sarà andata a finire questa storia, ma ti dirò anche che non sono stato molto leale con te, perché ho sempre supposto che la sparizione della Maria fosse opera di più persone, ma non l'ho mai detto a nessuno.*

Verso le 13 arrivarono in albergo alla spicciolata, ma praticamente insieme, Piero, Andrea e il maresciallo. Il primo era passato per aggiornare Marco sui Bartali, il secondo per sentire se c'erano novità sul caso, il terzo per riferire dell'incontro avuto con il nipote della Maria.

Marco si alzò di scatto dalla poltrona e con le braccia tese e i palmi delle mani aperti verso di loro, come se chiedesse un fermo immagine della scena, disse:

«Evitiamo la solita domanda! Vado a fare subito gli aperitivi e poi si parla. Ok?».

I tre rimasero interdetti per circa cinque secondi, poi Andrea gli rispose:

«Ok! E mi raccomando, falli come al tuo solito, cioè di merda!».

Seduti nell'angolino della sala, esattamente come la prima volta, quando avevano risolto il "caso

Fantozzi", i tre detective e il maresciallo stavano gustando l'aperitivo quando il cicalino della porta entrò in funzione.
E adesso chi cavolo è?
«Buongiorno, c'è il signor Vincenti?».
Marco, senza alzarsi dalla poltrona rispose:
«Sì sono io, come posso esserle utile?».
«C'è una raccomandata e delle lettere per lei».
«Arrivo subito».
Marco si alzò e andò incontro al postino. Lo trovò appoggiato al bancone della reception con cinque buste in mano. Sembrava quasi che giocasse a carte con un ipotetico sfidante posto al di là del bancone. Marco gli prese le cinque lettere, gli firmò la ricevuta e prese la busta, poi osservandolo gli disse:
«Certo è un'ora insolita per consegnare la posta, normalmente passa intorno alle 10, invece oggi alle 12:30; e poi questa mattina non era già passato? ».
«Veramente sono le 13:15» fece il postino, guardando l'orologio. «E purtroppo ho ancora molta posta da consegnare. La posta di questa mattina gliela dovevo consegnare ieri, ma non ce l'ho fatta; d'altra parte non ci si può fare nulla… sotto le feste è sempre così! Si figuri che domani mattina, che è domenica, il direttore mi ha chiesto di fare gli straordinari e di cominciare il turno di prima mattina… Non mi era mai successo, le ha chiamate "aperture straordinarie". Meno male che da martedì prenderò cinque giorni di ferie, e dal lunedì

successivo sarò in un'altra città, così il direttore romperà i coglioni a qualcun altro». Uscì dall'albergo senza nemmeno salutare, lasciando Marco a visionare la raccomandata dell'Agenzia delle Entrate.

Sarà sicuramente la solita sanzione per il mancato rinnovo del contratto di affitto del mio ex ufficio, così se ne vanno altri duecentoquaranta euro, ma vattelo a piglia' nel…

Scaraventò la busta dietro il bancone insieme alle altre e andò nuovamente a sedersi.

«Dunque, ragazzi» il maresciallo aveva preso la parola. «Come sapete, questa mattina ho ricevuto il Bottega Giovanni, e vi posso riconfermare che il soggetto, con la sparizione della zia, non c'entra assolutamente niente. Anzi, era in evidente stato ansioso e, per tutta l'ora che è stato nel mio ufficio, non ha mai smesso di piangere. Mi ha anche raccontato del fatto dell'orologio dello zio, e ha spergiurato che non è stato lui a farlo sparire e che le voci che girano su di lui in paese sono tutte false. Ha anche aggiunto che la zia, una volta, subito dopo la morte dello zio, era andata a trovare per qualche giorno una sua amica a Torino senza avvertire nessuno, e che sua madre, preoccupata della sua assenza, stava per fare intervenire i carabinieri; poi tutto si era risolto per il meglio. Proprio per questo precedente, quando la signora Adele lo ha chiamato avvertendolo della scomparsa della zia, lì per lì non si è preoccupato più di tanto,

e poi doveva accudire la madre all'ospedale. Ovviamente questa mattina ha sporto denuncia».
«E siamo punto e a capo» disse Andrea scuotendo la testa. «E ora che si fa?».
Dato che nessuno dei presenti rispose alla domanda, Andrea rispose a se stesso.
«Visto che Marco ha detto che questo rapimento ruota intorno al denaro, e io sono pienamente d'accordo con lui, proporrei di bloccare immediatamente il conto corrente della signora. In questo modo il rapitore se lo prende in quel posto...».
Marco, alzandosi dal divano e dirigendosi nuovamente verso la bottiglia del prosecco, gli rispose:
«A parte il fatto che oggi è sabato e domani è domenica, e la banca è chiusa, e quindi caso mai lo si potrebbe fare solo lunedì, credo in ogni caso che questa iniziativa sia assolutamente da escludere, o quantomeno inutile. Se l'intento del rapitore è quello di appropriarsi del denaro della Maria, una volta raggiunto lo scopo si libererebbe di lei uccidendola. Siete d'accordo? La stessa cosa avverrebbe anche nel caso che non riuscisse a entrare in possesso del denaro. La Maria oramai è una testimone scomoda, e il rapitore lo ha sempre saputo, cioè ha programmato di ucciderla sin dall'inizio».
«Allora Marco» fece Andrea alzandosi anche lui per

il secondo aperitivo. «Secondo te la Maria morirà in ogni caso?».
«Mi auguro di no! Ma il progetto comunque è quello, e noi dobbiamo fare in modo di non farlo andare a termine. Voglio dirvi che non mi manca molto a completare il puzzle, devo solo capire come potrei accertarmi e avere le prove del loro progetto criminoso».
«Se per loro intendi i Bartali, purtroppo non ho buone notizie al riguardo» intervenne Piero.
«In che senso?» chiese il Bevacqua.
«Nel senso che proprio questa mattina ho incontrato il geometra Rosati e ho scoperto che da oltre due anni il Bartali padre lo aveva incaricato di occuparsi della vendita dei beni immobili della famiglia e finalmente, proprio tre mesi fa, è riuscito a trovare un imprenditore locale disposto ad acquistare l'intero pacchetto immobiliare a una cifra interessante, anche se inferiore alle aspettative del Bartali.» rispose Piero «E volete sapere quando faranno l'atto definitivo di trasferimento?».
«Il 24 di questo mese» rispose Marco.
Piero, che conosceva Marco ormai da diversi anni, non si sorprese della sua risposta, mentre il Bevacqua e Andrea girarono la testa verso di lui mettendosi a fissarlo come due civette.
«Non guardatemi come se fossi un marziano» fece Marco. «Non è forse vero che il figlio, dicendo addio alla sua fidanzata, le ha comunicato anche

che il 24 riceverà una cospicua somma? Quindi, ho solo associato la data deducendo che la stessa giustifica e ratifica l'arrivo di denaro nelle casse della famiglia Bartali».

«Allora siamo ancora una volta al punto di partenza» disse Andrea sollevando il sopracciglio destro come a cercare conferma per quanto affermato.

«Non è detto!» rispose il Bevacqua. «I Bartali potrebbero aver programmato comunque da tempo il rapimento della Maria, per accaparrarsi il suo denaro, e poi lo hanno attuato solo quando hanno avuto la certezza di aver venduto i propri beni, per poi sparire con i… due malloppi».

«Per un attimo c'ho pensato anch'io» rispose Marco. «Ma poi ho abbandonato questa ipotesi. Vedete amici, se i Bartali avessero venduto i propri immobili all'inizio dell'anno in corso, anziché nel mese di settembre come ha raccontato il geometra Rosati, cosa avrebbero fatto riguardo alla scadenza dell'investimento della Maria? Avrebbero aspettato un anno? E se sì, dove? E se non avessero mai venduto, vista l'attuale crisi immobiliare? No, cari amici! Credo proprio che la famiglia Bartali con questa storia non c'entri proprio nulla».

«E siamo ancora una volta al punto di partenza…».

Con questa frase Andrea incominciò a ciondolare la testa in qua e là.

«O Andrea, mi sembri "Puffo Quattrocchi" quando

fai così!» fu l'esclamazione di Piero all'ennesima, ripetitiva frase dall'amico.
«No, è che... Prima il nipote, poi la famiglia Bartali... Insomma, non sappiamo più dove sbattere la testa» fu l'immediata risposta di Andrea, che dal ciondolamento era passato ad assumere un'espressione da cane frustato.
«Mi piacerebbe avere da voi... come dire... un po' più di partecipazione... positiva» disse Marco rivolgendosi ai tre amici. «Quindi propongo di uscire, lasciando le nostre frustrazioni all'interno dell'albergo e andiamo al bar da Paola a farci il secondo aperitivo. D'accordo?».
La prima domanda fu di Piero.
«A parte che caso mai è il terzo aperitivo, ma perché hai detto di lasciare le nostre frustrazioni subito dopo aver varcato il portone dell'albergo?».
«O che me le vuoi lasciare dentro? Già la notte dormo poco... E poi, per quanto riguarda l'aperitivo, è il secondo perché quello di prima era un rinforzino... solo mezzo calice».
La seconda domanda fu di Andrea.
«Chi paga?».
Tre furono le risposte che ricevette.
La prima da Piero:
«Tu!».
La seconda da Marco:
«Io no!».
Infine, la terza, dal Bevacqua, che con l'indice stava

disegnando un semicerchio che comprendeva Piero, Marco e lui medesimo.
«Noi no!».

DIECI

Sabato 22 dicembre, ore 20:00

Marco aveva apparecchiato la tavola con una tovaglia di lino bianco che aveva trovato bella pulita e piegata nel primo sportello della cucina; poi, non contento, aveva aggiunto trasversalmente, visto che erano solo in due, un runner grigio – *sicuramente la zia lo usava come centro tavola… Però, che gusti la zia eh…*
I tovaglioli, anche questi in lino bianco, li aveva posti a sinistra del piatto, ben piegati a libro. Non volendo strafare, si era limitato a mettere il sottopiatto e il piatto piano, le due forchette a scalare sulla sinistra e il coltello sulla destra. Poi, due bicchieri di cristallo, il più grande per il vino bianco e il più piccolo per l'acqua.
Niente flûte… non esageriamo, caso mai per l'aperitivo.
Aggiunse solamente un piattino per il pane a sinistra dei bicchieri e, per finire, un piccolo recipiente in porcellana bianca per i gusci dei molluschi.
Il pesce era già stato preparato nei due vassoi grandi di cristallo, con tanto di ghiaccio tritato e di alghe a contorno, per valorizzare ancora di più il piatto.
Qui devo ringraziare il mio amico pescivendolo che ha insistito tanto per farmele utilizzare… e pagare…
Gli erano ancora rimaste tre bottiglie di bianco "I Cerroni" della Fattoria Vallorsi e le aveva messe in

frigo tutte e tre – *magari beve più di Andrea…*
Contento della sua opera d'arte, andò a farsi una doccia per poi concedersi un prosecchino con sigaretta a seguito, in attesa dell'evento, quando a un certo punto squillò il portatile.
«Pronto Marchino…».
«Ciao Grazia, tutto bene?».
«Sì Marco, qui tutto bene, e te? Con cosa cenate stasera?».
«In che senso?».
«Come in che senso, o non dovevi cenare con Piero?».
«Ah, in quel senso! Ho comprato un po' di pesce crudo».
«C'è anche Andrea?».
«No, siamo solo io e Piero; ad Andrea non ho detto nulla se no spendevo un capitale».
Appena butto giù devo chiamare Piero e dirgli che mi copra… tante volte lo chiamasse lei…
«Oh, quando rientro voglio anch'io la cena a base di crudo, tra l'altro avevo proprio comprato una tovaglia di lino bianco e un runner per l'occasione… Una cenetta intima intima…».
Lunedì, di corsa in lavanderia… E chiederò in ginocchio che mi lavino il tutto in giornata, se no passo un guaio vero!
«Hai fatto bene a dirmelo – *anzi benone* – prenoto il pesce dal mio amico».
«Bravo, e mi raccomando, prendi la palamita, a me piace tanto».

«Certo, stai sicura, ordinerò la palamita».
«Ma la senti la mia mancanza?».
«Eh! Come no!».
«Solo un semplice "Eh, come no"? Come al solito, sei parco nel dimostrarmi quanto bene mi vuoi».
«Ma te lo sai come sono fatto, no?».
«Purtroppo, sotto questo punto di vista, lo so come sei fatto, dovresti impara' dal macellaio, lui sì che ci sa fa' con le donne».
«Ancora il macellaio? Ma allora c'è del tenero…».
Anzi del duro…
«No! Ma che pensi? L'ho detto solo perché è una persona sempre ricca di attenzioni, sempre gentile… Mentre te sotto questo aspetto sei un po'… orso».
«Orso, sì! Ma anche con un apparato genitale mostruoso…».
«Ecco, lo vedi che sei un orso! 'Un ti si può mai dire niente! Ho capito, ti saluto e, mi raccomando… ogni tanto chiamami, ciao».
Il prosecco si era riscaldato e Marco si alzò dalla poltrona e versò il contenuto nell'acquaio.
Ma vatteloapigliànelculo…
Alle 20:30 precise si presentò Eva Mendes in persona… Indossava un cappotto in cashmere nero con sotto un vestito, anche questo nero, perfettamente aderente al corpo. Ancora prima di salutarlo, si tolse il cappotto appoggiandolo sul bancone e il vestito, con apertura sulla schiena, mostrò le ricche curve del suo corpo, compreso

quel lato b tanto amato da Marco.
E adesso posso andare a cambiarmi le mutande…
«Ciao Marco, sono in anticipo?».
«No, no Bianca, sono io che sono in ritardo».
«In che senso scusa?».
«Nel senso che sono in ritardo nel conoscerti».
Lei lo guardò e sorrise, e Marco la accompagnò in sala ristorante appoggiando la mano destra dietro la sua schiena, proprio dove la stoffa risultava assente, e dato che conosceva la strada a memoria, era la mano che guidava la donna verso la sala, mentre gli occhi di Marco erano incollati appena un po' più sotto.
Durante la cena, lei gli raccontò che era una donna sposata e divorziata dopo appena dieci anni, che aveva una figlia undicenne di nome Clarissa, una madre petulante e un gatto di nome Napoleone. Precisò anche che al momento non desiderava avere nessun rapporto, per lo meno continuativo, con il sesso opposto perché di maschi in casa bastava e avanzava già il gatto:
«Oggi, ad esempio, Napoleone, per farmi un dispetto, ha fatto cadere dal terrazzo la lettiera, che si è frantumata sul balcone sottostante. Non ti dico le urla della signora di sotto. Insomma è andata a finire che mi è toccato andare prima a pulire il terrazzo della stronza e poi a comprare una nuova lettiera. Questa volta però l'ho presa con i bordi più alti in modo che non possa passare al di sotto della

ringhiera del terrazzo».
«Io gli avrei fatto fare i bisogni per un mese sul pavimento del terrazzo» rispose d'impulso Marco. «Così magari imparava la lezione».
«Ma stai scherzando? Si vede che non hai mai avuto un gatto. Mi c'è voluto un po' per abituare Napoleone alla lettiera, ma ora non ne potrebbe fare a meno, dove la metto la metto, lui la trova e ci fa i bisogni. Il giorno sul terrazzo e la notte nel ripostiglio».
«Educato, il piccolo! Senti, a proposito di educato, innanzi tutto ti devo ringraziare per l'altro giorno in banca e per avermi aggiornato sull'estratto conto, e ti ringrazia pure la zia. A proposito, ma te l'hai conosciuta?».
«Credo di averla vista solo una volta circa un anno fa, quando venne a rinnovare i certificati di deposito; però a dirti la verità non ricordo nemmeno come è fatta».
«Vorrà dire che quando sarà guarita la accompagnerò io stesso in banca, così te la presento, e ti farò ringraziare nuovamente di persona».
«Perché no! E magari la presenti anche alla mia nuova collega e al direttore che si è insediato proprio lo scorso mese».
«Certo, anzi ti dirò di più, vi sorprenderete tutti nel vederla energica e in gamba… alla sua età!».
In due avevano già fatto fuori la prima delle tre

bottiglie di vino e spolverato tutti i vassoi; i "cadaveri" avevano completamente riempito il recipiente di porcellana e anche il piattino del pane.
Non mi rimane che portare il gelato alla crema…
Intorno alle 22 Marco si alzò da tavola per preparare il caffè e Bianca gli andò dietro:
«Ti do una mano». Lo aveva detto con un tono di voce che avrebbe ricaricato sessualmente anche un ultracentenario il cui apparato genitale, da oltre un ventennio, veniva oramai da lui utilizzato come soprammobile.
Quando Marco uscì da dietro il bancone con le due tazzine in mano, Bianca si avvicinò e poi, decisa, si attaccò a lui spingendo i suoi fianchi e il suo considerevole seno con una pressione tale da riuscire a far impallidire il manometro di un benzinaio.
Ma fammi posare almeno le tazzine… ora mi cascano… ora… Ma al diavolo le tazzine.
Lei, seduta sul banco, con il vestito tirato su fino alla vita, stringeva con le sue gambe il fondo schiena di Marco, mentre lui, ansimando, cercava di liberarsi degli indumenti.
Quando finalmente riuscì a togliersi anche gli slip, attività che comportò non poca fatica visto che Bianca lo accarezzava stringendolo a sé sempre più forte, Marco entrò in lei, e lei esplose in un urlo e poi in un orgasmo che sembrava non finire mai. Marco allora le sfilò il vestito dalla testa, le sganciò il

reggiseno e si mise ad accarezzare e baciare quelle "bocce" che sobbalzavano a ogni colpo di reni.
A un certo punto i ruoli cambiarono e Bianca dettò le nuove regole del gioco sollevando il suo stratosferico sedere per accogliere fino in fondo il gradito ospite.
A me il macellaio mi fa una sega…
Quando terminarono il primo round, e prima di iniziare il secondo – *la prossima facciamola almeno sul divano e magari io sotto e te sopra… così duro un po' meno fatica* – si servirono due flûte di prosecco bevendolo in piedi, l'uno davanti all'altra, mentre l'adrenalina pulsava nei loro corpi.
Bzzz – Bzzz – Bzzz – Bzzz…
«Scusa Marco è il mio cellulare; dev'essere mia mamma, devo rispondere».
«Non c'è problema, fai con comodo, io finisco il prosecco».
Dopo nemmeno un minuto, Bianca ritornò dalla sala ristorante, raccolse il vestito da terra e guardò Marco.
«Mi dispiace veramente tanto, ma devo scappare; mia figlia ha la febbre a trentanove e mia madre è in ansia… Mi dispiace veramente tanto…».
«Non preoccuparti Bianca, sono cose che possono succedere. Magari avremo un'altra occasione per… terminare».
«Certo, anzi certissimo! Stai sicuro che ti richiamo… Non sai quanto mi dispiace…».

Bianca lo baciò sulla bocca mentre con la mano destra gli accarezzava il petto, s'infilò il soprabito, aprì il portone dell'albergo e, girandosi nuovamente verso Marco, che nel frattempo si era spostato sulla sinistra per non farsi vedere dal popolo cascianese, disse:

«Alla prossima». Poi, abbassando lo sguardo sul suo bacino, aggiunse:

«Non male, il piccoletto…». E uscì.

Marco, che era ancora nudo, con il flûte nella mano destra e la sigaretta nella sinistra, chiuse il portone, chinò la testa e fissò il suo pene per circa dieci secondi…

Non mi sembra di avercelo piccolo! Piccolo ce l'avrà il su' gatto, che se non ha la lettiera 'un piscia, mentre io al momento piscio sempre al muro[17]*… Ma il macellaio come ce l'avrà?*

Indossò gli slip e la maglietta di cotone e incominciò a sparecchiare la tavola; poi, tutto d'un tratto, si bloccò sulla porta della cucina ed esclamò ad alta voce:

«Cazzo, la lettiera! Che cretino che sono!».

Si diresse dietro il bancone della reception, alzò il telefono e compose il numero.

«Pronto, Piero…».

«Io se fossi stato al tuo posto avrei chiamato tra

---

17 Modo di dire per significare che uno, oltre a confermare la sua mascolinità, è anche virile.

un'oretta, perché è proprio all'una di notte che si svegliano gli amici».
«Ascoltami bene, Piero».
Terminata la chiamata, chiamò il Bevacqua: la conversazione durò circa una mezz'oretta, poi prese la sveglia, impostò l'allarme alle 5:30, si sdraiò sul divano e chiuse gli occhi. Era stata una serata positiva sotto vari punti di vista.
O bravo il mio piccoletto…

UNDICI

Domenica 23 dicembre, ore 8:30

Seduto, immobile da oltre un'ora sulla sedia in cucina, Marco aveva già fumato tre sigarette e ricevuto la prima telefonata da Piero, che lo informava dell'uscita di casa del Maccaferri.

Ora non rimane che aspettare la seconda... se ci sarà.

Nell'ora successiva ripensò alla bellissima serata passata con Bianca, e a quell'istinto animale che aveva reso entrambi preda di un desiderio irresistibile e che, liberandoli da quei pensieri e codici comportamentali quotidiani, era riuscito a trasformarli in due felini. Non c'era stato né amore né tenerezza, ma solo trasporto fisico, sesso; poi, per la prima volta da quando era partita, pensò alla Grazia e sentì che gli mancava.

La seconda telefonata arrivò dopo un'altra ora; questa volta era Andrea, che gli comunicava che la mamma del Maccaferri e la sua amica stavano dirigendosi verso il fornaio.

Ora posso accedere...

DODICI

Domenica 23 dicembre, ore 9:30

Quando Marco, dopo aver spostato l'armadio in soffitta, entrò nella stanza, l'odore di urina e di feci di gatto depositate nella lettiera era nauseante. La povera donna giaceva sul letto con le mani e le gambe legate ed era imbavagliata. Sul comodino, alla sua destra, c'erano due flaconcini da 20 millilitri di En, un ansiolitico usato spesso contro l'insonnia; un vasetto aperto di omogeneizzato in cui avevano trovato la morte due mosche, una bottiglia di acqua e un bicchiere di plastica.
Marco si avvicinò alla donna, le tolse lo straccio dalla bocca, le prese il polso martoriato dalle escoriazioni causate dalla corda e lo tastò. Fortunatamente era ancora viva.
Di fronte al letto erano stati posizionati un tavolino con il piano di legno sostenuto da due caprette, una sedia e un grande specchio appoggiato al muro. Sul tavolino c'era una testa in polistirolo coperta da una parrucca di riccioli bianchi e, accanto, una borsetta in plastica stracolma di trucchi, un vasetto di cipria in polvere e un pennello.
A un certo punto la donna aprì gli occhi, girò la testa verso Marco e gli sussurrò: «Salvami».

«Sono qui per questo, Maria, stai tranquilla, adesso sei al sicuro».

Poi richiuse gli occhi e a Marco parve di intravedere un sorriso sulle sue labbra. Prese il cellulare dalla tasca, entrò nella rubrica ed effettuò la chiamata.

«Pronto Corrado, è come sospettavo… Ok, ti aspetto».

TREDICI

Mercoledì 26 dicembre

Il giorno dopo, la Grazia atterrava alle 21:55 all'aeroporto di Pisa e Marco sarebbe dovuto andare a prenderla, così decise, visto che il giorno dopo ancora l'albergo sarebbe stato in piena attività, di fissare l'incontro con gli amici per la sera stessa. Lui avrebbe riepilogato i fatti e raccontato come era giunto alla soluzione del caso, grazie anche alla collaborazione di Piero e Andrea. Corrado invece avrebbe fatto il resoconto delle fasi dell'arresto e dell'interrogatorio.

La tavola era stata apparecchiata con cura; ci aveva pensato Piero, che aveva raggiunto Marco in albergo già dalle 17.

La cena era fissata per le 20:30 e all'appello mancavano ancora Andrea e Corrado, che avevano quindici minuti di ritardo.

Marco per l'occasione aveva deciso di fare un piatto prettamente invernale, il classico bollito, perciò si era recato dal macellaio e aveva chiesto:

«Allora, mi dia un chilo di lingua di vitello, cinquecento grammi di lombata, cinquecento grammi di punta di petto, un cotechino medio e una mezza gallina, ma…».

«Ma?!?» aveva risposto il macellaio fissandolo negli

occhi.
«Mi raccomando, è per la Grazia, e mi ha detto di dirle che vuole la carne migliore».
«Alla Grazia, sempre la migliore» ribatté il macellaio sorridendo.
Mavaffanculo, vai….
Ritornato in albergo, Marco aveva preso un pentolone in cui aveva versato circa cinque litri di acqua, aggiungendo una cipolla, un pomodoro, due coste di sedano, una carota e un ciuffetto di prezzemolo. Insieme, e non dopo, aveva introdotto anche la lombata, e poi tutto sul fuoco, salando quanto bastava. Passata un'oretta, aveva completato la ricetta aggiungendo la lingua, la gallina e la punta di petto. Contemporaneamente aveva preparato un'altra pentola, leggermente più stretta e più alta della precedente; l'aveva riempita di acqua e aveva aggiunto il cotechino, al quale prima aveva bucato la pelle con la punta del coltello. Passate ulteriori due ore, tutto era pronto, ed erano giusto giusto le 20:40.
Ecco fatto, ora apro i sottaceti e la cena è servita…
Finalmente, alle 21 arrivarono gli altri due invitati: il maresciallo era entrato per primo e stava tenendo aperta la porta a vetri; subito dopo aveva fatto il suo ingresso Andrea con in mano una cassa di legno con su scritto di traverso, in stampatello, "FRAGILE".
Piero dapprima fissò la cassa e poi rivolse lo

sguardo su Marco strizzandogli l'occhio. «O Andrea! Che c'hai portato, una cravatta?».
«E no, cari amici! Ve l'avevo detto che vi avrei stupito, e così ho fatto; sono sei!».
«O cosa ci se ne fa di sei cravatte?» continuò Piero.
«E 'un sono sei cravatte, care merdacce, ma sei bottiglie di champagne da ben ventiquattro euro!».
«La cassa!» ribadì Marco. «Quindi hai speso quattro euro a bottiglia, domattina vado dal sindaco a chiedergli se ti mette sulla lista degli indigenti».
«Ventiquattro euro a bottiglia, cari miei, e quindi ho speso ben 144 euro. Ogni promessa è debito!».
A quest'ultima affermazione, si sentì in dovere di intervenire il Bevacqua:
«E allora, caro braccino corto, queste promesse falle più spesso, e non una volta all'anno».
Andrea avrebbe voluto dirgli: "Te stai zitto che non hai portato mai nulla", ma non lo fece, si limitò a guardalo di traverso.
Marco, che aveva intuito cosa volesse rispondergli Andrea, per evitare qualsiasi discussione, intervenne a sua volta:
«Forza ragazzi, gli aperitivi sono già in tavola e la cena è pronta, accomodiamoci in sala».
Dopo il caffè, davanti a una bottiglia di champagne, che aveva messo in freezer prima di sedersi a tavola, e a una di rum, Marco iniziò a parlare:
«Cari amici, com'è ormai consuetudine, vado a riepilogare i fatti e a illustrarvi come sono riuscito,

con il vostro aiuto, a risolvere il caso. Dunque, come sapete, la signora Maria non fu più vista in paese dal giorno 11 dicembre, così ha raccontato il macellaio – *pace all'anima sua* – e così abbiamo noi accertato quando abbiamo fatto il sopralluogo presso la sua abitazione, domenica 16 dicembre. Vi ricordo che trovammo la tavola apparecchiata, la minestra ancora nel piatto, il vino nel bicchiere che emanava un forte odore acido, segno che era lì da qualche giorno, e la sedia eccessivamente distaccata dal tavolo e rivolta verso la porta che conduce all'ingresso. Da questi elementi si poteva dedurre, in via preliminare, che la donna fosse stata in qualche modo costretta ad abbandonare all'improvviso, e quasi forzatamente, l'abitazione. Poi c'è la storia della mancanza delle lettere della banca, cioè: i due estratti conto trimestrali e le due comunicazioni riguardanti l'investimento effettuato dalla Maria, relative una alla scadenza del dicembre di due anni fa e l'altra al rinnovo dell'investimento dell'anno successivo. E qui abbiamo ipotizzato che qualcuno fosse interessato a sapere quando la somma investita nei certificati di deposito sarebbe stata nuovamente disponibile sul conto corrente.

E passiamo alla gatta: quando accedemmo per la prima volta nell'abitazione della Maria, la ciotola della bestiola era stracolma di crocchette, mentre mercoledì 19, quando alle 7:30 andai a riportare le lettere della banca nel cassetto del comò, la ciotola era vuota, segno che il felino non era sparito insieme alla Maria, ma era in casa… E come sapete, ogni mia ricerca per scoprire dove si nascondesse fu vana. Lo stesso giorno intorno alle 13, mi recai ancora nella casa per riempire la ciotola della gatta e la vidi per la prima volta: un'enorme soriana dagli occhi verdi! Purtroppo anche in questa occasione non riuscii a capire dove si nascondesse. Vi ricordo, inoltre, che la Maria alla sua Coccolina dava il macinato e non le crocchette, come ho fatto io e come ha fatto l'autore del rapimento prima di me».

«È vero!» esclamò Andrea. «Questo particolare mi era sfuggito».

«Come la tu' moglie» rispose Piero.

Anche in questa occasione Marco intervenne subito, per evitare che la discussione sull'argomento "moglie di Andrea" degenerasse.

«Quindi qualcuno aveva accesso all'abitazione, ed era stato così abile da non farsi notare nemmeno dalla curiosissima bidella, e per ben due volte: il giorno del rapimento e quello del rifornimento alla gatta, perché non credo che abbia fatto tutto lo stesso giorno. Ce lo vedete, voi, un rapitore che si preoccupa di attuare il proprio piano con delle crocchette in mano? Ma c'era qualcosa che non mi tornava: com'era riuscito a portare via la Maria? Possibile che nessuno avesse notato nulla? Sicuramente la donna non era stata addormentata, perché non sarebbe stato facile trasportarla giù dalle scale, attraversare la strada e caricarla in macchina; sarebbe stato un rischio troppo alto per il rapitore. Ma allora come era possibile che la Maria non avesse urlato o fatto resistenza? Ammettendo che il rapitore fosse così energico da riuscire a trascinarla giù dalle scale con forza, tappandole la bocca con una mano, il rischio che venisse scoperto era veramente alto: siamo in pieno centro di Casciana Terme e sono sì e no le 20 di sera. Come ha fatto? Questa è stata la domanda che mi sono rivolto in tutti questi giorni; ma poi tre eventi, avvenuti in successione, ovvero: il trasferimento dalla città, la consegna della raccomandata, la lettiera della cassiera della banca… mi hanno aiutato a capire il tutto e a risolvere il caso».

Marco, prima di continuare, si versò un secondo bicchiere di rum, lasciando i due amici in attesa "ansiogena" di conoscere i dettagli. Il maresciallo, che si stava versando un bicchiere di champagne, era invece rilassatissimo. Marco, nel richiedergli di intervenire alla bisogna, gli aveva già raccontato per telefono tutta la storia.

«Allora, cari amici, partiamo dal numero 1 e cioè il trasferimento dalla città. Indagando sulla scomparsa della Maria, siamo venuti a conoscenza che due famiglie avrebbero a breve lasciato il paese per sempre: la famiglia Bartali al completo e la famiglia Maccaferri, o meglio il portalettere, perché la madre, di cui alla fine vi annuncerò una sensazionale scoperta fatta da Corrado, il quale a seguire vi illustrerà tutti i dettagli dell'interrogatorio, l'avrebbe raggiunto di lì a poco. Abbiamo poi saputo che i Bartali avevano programmato il loro trasferimento a Puerto del Carmen da molto tempo e aspettavano solo di vendere i loro beni, cosa che è avvenuta, grazie al geometra Rosati, circa tre mesi fa. Quando poi Corrado ha interrogato la moglie del Bartali, abbiamo accertato definitivamente che questi non c'entravano nulla con la sparizione della Maria. Rimaneva quindi il Maccaferri sul quale, devo ammettere, non avevo al momento alcun sospetto; era solo un dato di fatto il suo trasferimento; però, in ogni caso, lo avevo inserito nel puzzle.

Passiamo ora alla "consegna della posta". Vi ricordate che sabato mattina, 22 dicembre, quando eravate con me in saletta, intorno alle 13:15, il Maccaferri mi ha recapitato una raccomandata e alcune lettere?».

«Certo che me lo ricordo» rispose Piero. «Avevi appena terminato di servirci gli aperitivi».

«Esatto Piero; però forse non sapete che avvicinandomi a lui gli dissi a bella posta[18]: "Certo è un'ora insolita per consegnare la posta, normalmente passate sempre intorno alle 10, invece

18 Volutamente.

oggi addirittura alle 12:30!". E lui puntualizzò, guardando il suo orologio, che erano le 13:15».

«E cosa c'entra l'ora con la sparizione della Maria?» domandò Piero con faccia stupita.

«L'ora non c'entra nulla» rispose Marco. «Ma l'orologio sì! Era un Rolex con cassa e braccialetto d'oro. Da quel momento incominciai a nutrire dei sospetti… Il giorno prima, infatti, il fornaio mi aveva detto che il portalettere si sarebbe trasferito in un'altra città, fatto tra l'altro confermato dal Maccaferri stesso durante la consegna della posta… L'orologio al polso del portalettere era identico a quello che hai descritto te, Andrea, parlando di Luciano, il "fu marito" della Maria. Non trovate strana questa coincidenza?».

«Perché non ci hai mai detto nulla dell'orologio?» chiese ancora Piero con tono risentito.

«Non vi ho detto nulla perché erano solo ipotesi, e magari l'orologio era suo veramente; solo dopo la storia del gatto della cassiera della banca e della sua lettiera andata in pezzi, e ricordandomi dell'armadio nella soffitta, ho avuto la certezza che il Maccaferri c'entrasse qualche cosa con la sparizione della Maria e così a quel punto vi ho chiamati immediatamente».

«E allora, spiegaci questo fatto della lettiera e dell'armadio!» esclamò Andrea in evidente stato di fibrillazione.

«Il sabato della raccomandata avevo invitato a cena

la cassiera della banca, ma, mi raccomando, di questo non dovrete far menzione con chi che sia, in particolare con la Grazia».
«Senti senti il Marchino» sogghignò Andrea. «Neanche questo si sapeva, e magari te la sei portata anche a letto…».
«Assolutamente no!».
… sul banco del bar…
La risposta fu così immediata e sicura che Andrea la giudicò sincera; la stessa cosa non fu per Piero che, conoscendo l'amico, sapeva benissimo che per carattere non avrebbe mai ammesso di aver avuto un rapporto sessuale con una donna, anche se lo avesse trovato lui stesso durante l'amplesso.
«Allora, chiarito questo aspetto, torniamo alla cassiera. Durante la cena mi racconta della sua vita, del fatto che è separata e che ha una madre, un figlio e un gatto di nome Napoleone, il quale proprio quella mattina aveva spinto la lettiera fuori dal terrazzo; la lettiera era andata in pezzi e lei era stata costretta a comprarne una nuova. E qui scopro, vi risparmio i dettagli, che i gatti, una volta abituati a utilizzare la lettiera, non la lasciano più o, comunque, almeno il suo fa così, tanto che il giorno la cassiera la mette sul terrazzo e la sera nel ripostiglio. Lì per lì non feci caso alla cosa, ma poi, quando improvvisamente la cassiera dovette andare a casa perché la figlia non stava troppo bene…».
«Ah! Ecco perché non te la sei scopata, perché è

dovuta andare via, altrimenti ci avevo azzeccato».
«O bravo Andrea, proprio così! E adesso fammi finire, se non ti dispiace».
Ora si è convinto del tutto…
«Prego, prego… continua pure». Il volto sorridente di Andrea non era certo dovuto a una improvvisa botta di felicità, ma era la tipica espressione di chi vuole prendere per il culo il proprio amico per non essere riuscito a fare questa o quella cosa; in questo caso, così credeva lui, la mancata occasione "trombereccia".
«Allora, stavo dicendo… Dopo che la cassiera lasciò l'albergo, mi misi a sparecchiare la tavola e all'improvviso pensai alla gatta della Maria che si aggirava per casa per poi sparire chissà dove; pensai anche che erano trascorsi già una decina di giorni e che nell'abitazione non vi era traccia, così, come odore, delle sue… chiamiamole "espulsioni fisiologiche", e da qui mi ricordai che il primo giorno che entrammo nell'abitazione, in soffitta, oltre a una enorme dispensa, trovai un vecchio armadio a tre ante, che per i segni presenti sul pavimento, risultava spostato dalla sua posizione originaria. Il puzzle era completo».
«Cioè?» chiese Andrea.
«Cioè, caro amico, l'armadio nascondeva un'apertura di comunicazione tra la soffitta della Maria e quella del Maccaferri, e qui ci sono arrivato grazie ad Anna. Vi ricordate che quando la

invitammo a cena con noi ci raccontò come avesse realizzato i due appartamenti?».

«No!» rispose Andrea, mentre Piero, da buon geometra rispose:

«Certo, chiudendo una porta a chiave e mettendoci una libreria davanti… E non pagando gli oneri di urbanizzazione al Comune».

«Esatto, Piero, e così ha fatto il portalettere, solo che in questo caso la porta non c'era. Quella mattina di martedì 11 dicembre, giorno della sua scomparsa, com'era sua consuetudine, la Maria uscì per fare la spesa recandosi, come sappiamo, anche dal macellaio. Il Maccaferri, approfittando della sua assenza, demolì la porzione di parete divisoria spostando poi l'armadio di circa sessanta centimetri per nascondere il passaggio».

«Ma perché portare la lettiera nella stanza in cui era stata nascosta la Maria?» continuò Piero.

«Donna Lucrezia ama i gatti, ma questo te lo spiegherà meglio Corrado, mentre io posso terminare illustrandovi il piano machiavellico dei tre. Dunque, il Maccaferri, per il lavoro che svolgeva, non aveva avuto problemi a trattenersi le lettere mancanti della banca; così facendo poteva periodicamente tenere sotto controllo il denaro. Tutto era stato studiato nei minimi particolari, come la donna che accompagnava sempre sua madre a fare la spesa, che in realtà era un'attrice di teatro, oramai in pensione, che per pochi soldi si

era fatta convincere dai due, "mamma" e "figlio". Una volta che il Maccaferri fosse riuscito ad avere in mano l'ultima lettera, quella che confermava il deposito del denaro sul conto corrente, la ex attrice avrebbe assunto le sembianze della Maria, si sarebbe recata in banca e avrebbe fatto trasferire i soldi su un conto corrente all'estero, quasi sicuramente in Romania, ma anche su questo fatto Corrado vi chiarirà tutto. Se tutto fosse filato liscio, oggi della Maria non ci sarebbe più traccia, o comunque sarebbe già passata a miglior vita e, invece, grazie alla scelta della banca di utilizzare un servizio postale privato, il Maccaferri non poté sottrarre la lettera a lui cara, cosa che invece sono riuscito a fare io mercoledì 19 alle 7:30 di mattina quando mi sono recato nell'abitazione. Devo ammettere che la fortuna, anche questa volta, è stata dalla mia parte, per due motivi: il primo è che il Maccaferri non sapeva che la banca aveva abbandonato il servizio postale pubblico da circa un mese, e quindi attendeva ancora la lettera, per poi non consegnarla; il secondo è che il servizio postale privato inizia a consegnare la posta ordinaria già dalle 7 della mattina, e io mi trovavo lì, il giorno giusto al momento giusto».
«Certo, un piano veramente diabolico: chi poteva sospettare del postino e di sua madre?». Piero, che aveva posto una domanda a cui non necessariamente si risponde, aggiunse: «Ma come

sapevi che domenica avrebbero lasciato incustodito l'appartamento?».
«Quel sabato mattina il portalettere mi confidò che, per l'eccessiva corrispondenza, doveva lavorare anche il giorno dopo, mentre, per quanto riguarda donna Lucrezia e l'attrice, che abitualmente lasciavano incustodito l'appartamento per fare la spesa, ho confidato nel fatto che il fornaio aveva comunicato alle due donne che la domenica prima di Natale era aperto».
«E qual è la sensazionale scoperta che ci dovevi dire?» domandò ancora Piero.
Marco guardò Corrado, quasi come a chiedergli l'autorizzazione, e Corrado fece sì con la testa.
«La "mamma" del portalettere è in realtà la sua amante. I due si sono conosciuti a Cento, una cittadina in provincia di Ferrara, in Emilia Romagna, circa tre anni fa e da quel momento la donna lo ha… come dire… soggiogato, anche se va detto, comunque, che il Maccaferri non era uno sprovveduto o, come si dice in questi casi, "non era uno di primo pelo". E ora passo la parola a Corrado; io mi verso un altro bicchiere di rum ed esco a fumarmi una sigaretta e a prendere un po' d'aria».
«Prima che tu ci lasci, Marco, posso farti una domanda?».
«Certo Andrea, dimmi!».
«Ma la cassiera della banca è discreta?».

«Come no! Assomiglia… Assomiglia alla tu’ ex moglie».

Marco, nell’uscire dall’albergo, fu accompagnato dalle fragorose risate di Piero e del maresciallo.

EPILOGO

Giovedì 3 gennaio

L'albergo si era nuovamente svuotato e la Grazia era intenta a fare le pulizie generali dopo i festeggiamenti da parte dei clienti, che avevano chiesto l'utilizzo della cucina e della sala per il pranzo del 1° Gennaio. Nonostante il primo e il secondo "NO!" di Marco, la Grazia era riuscita a convincerlo e lui, di malavoglia, aveva aperto le porte del suo regno alla banda dei padovani, e ora si trattava di riordinare il tutto.

«Grazia, te ti dedichi al resto, alla sala e alla cucina ci penso io».

Con pazienza e metodo, Marco era intento a rimettere tutte le stoviglie nei rispettivi scaffali quando squillò il telefono, e dato che la Grazia era al piano superiore, fu lui a rispondere.

«Pronto, albergo "Da zia Maria".

«Buongiorno Marco, sono la Anna, come stai?».

«O Anna, che piacere sentirla… Grazie, sto bene, e lei?».

«Da pensionata, comunque tutto bene. Volevo già chiamarti qualche giorno fa, ma poi mi sono detta: facciamogli almeno passare le festività, ha così tanto lavoro da fare che non può stare certo ad ascoltare una vecchietta petulante come me!».

«Ma che dice, Anna, lei non mi disturba mai; e immagino perché mi ha chiamato; anzi le chiedo scusa perché lo dovevo fare io, ma poi, preso dal lavoro, me lo sono scordato».
«No! Non ti devi scusare, e poi per cosa? È che sono un po' curiosa e volevo sapere se eri stato tu a risolvere il caso; i giornali parlavano solo del maresciallo Bevacqua e non dicevano nemmeno chi era l'autore del rapimento».
«Sì, Anna, sono riuscito a risolvere il caso, ovviamente con l'aiuto di tutti».
«Sono veramente contenta, e allora toglimi subito una curiosità, è stato il Maccaferri a rapire la signora Maria?».
Marco rimase per un momento interdetto poi, ricordandosi delle doti della Anna, acuta osservatrice, donna curiosa e persona dotata di alta capacità di deduzione logica, le rispose:
«Sì, è stato proprio lui, insieme a donna Lucrezia, che in realtà è la sua amante, e a un'ex attrice di teatro».
«Bene! Ho immaginato giusto, e poi?».
«E poi cosa, Anna?».
«No, volevo dire… Non c'è nessun altro?».
«In che senso?».
«Nel senso che un portalettere non si trasferisce a caso in un paese, e sempre per caso viene a sapere quale persona abbia, tra i duemilacinquecento abitanti, una disponibilità economica… diciamo

alta, a meno che non ispezioni gli estratti conto e tutte le lettere bancarie di tutti gli abitanti, non ti sembra?».

«A questo non ci avevo pensato; continui, la prego».

«Vedi, ho fatto delle ricerche sul Maccaferri, che di nome fa Antonio: il suo nome e cognome me lo disse quel giorno che consegnò la lettera del Comune, quando ci intrattenemmo a fare due chiacchiere. Nel parlare, mi comunicò che da lì a breve si sarebbe trasferito nuovamente a Cento, e quando gli chiesi il perché, la sua risposta fu evasiva tanto da destarmi dei sospetti. "Non c'è un motivo vero e proprio, diciamo che mi sono stancato di stare a Casciana Terme, tutto qua!". Normalmente, Marco, se uno decide di cambiare paese o città, è per validi motivi. O non si trova bene nel posto in cui abita, o ha prospettive di un aumento di carriera, se non addirittura di cambiare lavoro, oppure ha nostalgia del suo borgo natio. Mentre lui non aveva dato un motivo valido. Strano, no?».

«Però le ha detto che si era stancato di stare a Casciana Terme».

«Sì, è vero, ha usato la parola "stancato" ed è proprio questa parola che mi ha colpito. Una persona che è da tutta la mattina al bar, a un certo punto si può "stancare" di stare nello stesso posto, e magari torna casa o si reca in un altro locale. Anche a te, magari, un giorno ti sarà capitato di esserti “rotto” di stare in albergo ad aspettare clienti, e magari hai deciso di prendere una boccata d’aria, magari facendo una vacanza o, semplicemente, trasferendoti una mezz’oretta al bar. Ma che uno si stanchi di un posto e si faccia carico di un trasferimento di lavoro e di abitazione, con tutto quello che comporta, è una cosa ben diversa. Io avrei detto: “Casciana Terme non fa più per me”, oppure: “Ho commesso un errore nel trasferirmi qua”. Non trovi? E invece ha usato semplicemente la parola “stancato”, in senso generico».

«Continui».

«Quando tornai a casa, dopo essere stata nel tuo albergo, mi misi a fare delle ricerche su internet, non te l’aspettavi che fossi così tecnologica, vero? Dopo alcune ore scoprii che il portalettere era un consumato giocatore di poker e che partecipava assiduamente ai tornei italiani. A quel punto volli approfondire ancora di più e, con l’aiuto di un ex poliziotto in pensione, amico del mio povero marito, venni a sapere che frequentava anche sale da gioco clandestine, cioè giocava d’azzardo nei salotti privati della provincia e di quelle limitrofe».

«Mi scusi un momento; vorrebbe dirmi che il Maccaferri conosceva o poteva conoscere il Bottega, nipote della Maria?».

«Non ho detto che lo conosceva, ma che avevano lo stesso vizio. Anche qui, strano, no? Tutti e due emiliani; la distanza dalle rispettive città è di appena quaranta chilometri, e tutti e due dediti al gioco d'azzardo».

«Quindi lei sta ipotizzando che il Maccaferri si sia trasferito a Casciana Terme su precise indicazioni del Bottega?».

«Credo proprio di sì, e non è una semplice ipotesi, ma quasi una certezza. Partiamo dall'inizio: il Bottega, dedito al gioco d'azzardo, ha continuamente necessità di soldi e, non avendo un lavoro fisso, utilizza i soldi che la madre gli dà per soddisfare la sua, chiamiamola "passione". Ma i soldi non sono molti e una sera, trovando al tavolo da gioco il Maccaferri, perde una fortuna, e non sa come poter onorare il debito. Il Maccaferri, che è uomo navigato, lo minaccia, e lui impaurito gli racconta della zia e del suo tesoretto, così i due organizzano il piano diabolico. Fino a qui ti torna?».

«Fino a qui tutto fila liscio; quindi il Maccaferri si fa trasferire a Casciana Terme e inizia il giochetto…».

«Esatto Marco; però due anni sono lunghi e il Maccaferri a un certo punto chiede al Bottega di coprire almeno in parte il suo debito, così quest'ultimo, che non ha una lira, oggi si dice un euro, ruba l'orologio d'oro dello zio morto e lo consegna al portalettere».

«Scusi, ma lei come fa a sapere che il Maccaferri ha l'orologio dello zio del Bottega?».

«Semplice, durante la nostra cena voi avete

raccontato anche della storia dell'orologio, descrivendo il modello, la marca e le finiture; quando poi io ho incontrato il portalettere, ho notato al polso lo stesso tipo di orologio: uno più uno fa sempre due, Marco».

Altro che Miss Marple, questa è Poirot, Miss Marple e Sherlock Holmes messi insieme...

«Ovviamente, il Bottega deve costruirsi un alibi e, quando arriva il momento di attuare il piano, accade che la madre si frattura l'anca destra. Strana coincidenza, vero?».

«Quindi sarebbe stato il Bottega a fare scivolare la madre per le scale?».

«Non ho la certezza ma è molto probabile. Il resto lo sai, perché sei stato tu a scoprire i colpevoli, fatta eccezione per il Bottega, che è stato il co-autore del piano, ma non la mano operativa. Sono convinta, dato che non ci sono morti, che si beccherà non più di cinque anni».

«Ha proprio ragione, Anna, e credo che lei abbia scoperto tutta la verità sul caso. Dirò al maresciallo Bevacqua di indagare e le farò sapere. Grazie, amica mia, a risentirci presto».

«Ciao Marco, e buon lavoro».

Marco uscì dall'albergo, si accese una sigaretta, tirò fuori di tasca il cellulare e compose il numero.

«Pronto, sono Vincenti, vorrei parlare con il Bevacqua...».

INDICE

Ringraziamenti
A Mila, che mi sostiene e all'amico Giuseppe Cecconi, sempre attento ai mie manoscritti. Ringrazio Fausto Pirito e Maria Sole Bramanti, per la cura e la precisione avuta durante la lettura e l'editing del libro.

Questo giallo lo dedico a Camilla Vittoria

Contatti:
https://www.facebook.com/www.mauriziocastellaniscrittore
EMAIL: marcopieroandrea@gmail.com

Dallo stesso autore:

Le indagini di Marco Vincenti

La ventiquattrore.
Delitto in albergo

Vendemmia rosso sangue
Lo strano caso del morto che parla

Il commissario Luschi

Dakar

La prima indagine del commissario Luschi

Racconti

- Delitto al retone
  Un indagine del commissario Bertini
  Carmignani Editore

- Delitto al Book Festival
  Un indagine del commissario Bertini
  Edizioni Il Foglio

- Un amore svuotato
  Pse Editore

www.ingramcontent.com/pod-product-compliance
Ingram Content Group UK Ltd.
Pitfield, Milton Keynes, MK11 3LW, UK
UKHW021651190726
13853UKWH00001B/184

9 791220 039468